한여름, 클라식 축제여행

윤일경

1980년 봄, 농촌 중학교 교단에 처음 섰다. 교사로 시작해 교감, 교장, 장학관, 교육장까지 40년간 교육 현장의 모든 자리를 거쳤다. 한국교원대학교에서 교육행정학 석사와 박사 학위를 받았다.

퇴직 이후에도 배움과 현장을 떠나지 않았다. 대학에서 교육행정을 가르치고, 역사문화해설사로 지역의 이야기를 전하며, 합창단에서 목소리를 맞추고 있다.

클래식 음악을 좋아한다. 악보를 읽을 줄 모르고, 악기를 다룰 줄도 모른다. 그저 음악이 주는 감동을 사랑하는 평범한 사람이다. 언젠가부터 유럽의 여름 음악 축제를 직접 보고 싶다는 꿈이 있었고, 2025년 여름 그 꿈을 현실로 만들었다.

저서로 《시대의 흔적, 교실의 기억》, 《멈추지 않는 질문》이 있다.

한여름, 클래식 축제여행

윤일경

Music Tour

베로나, 브레겐츠, 잘츠부르크 음악 순례

작가와

언젠가부터 유럽의 여름 음악 축제를 '직관'하고 싶다는 꿈이 있었다. 그 꿈이 2025년 여름, 드디어 현실이 되었다.

베로나 아레나 페스티벌, 브레겐츠 페스티벌, 잘츠부르크 페스티벌. 세 개의 무대를 따라 이탈리아 밀라노에서 오스트리아 빈까지, 열흘간의 여정을 다녀왔다.

솔직히 말하면, 모든 게 완벽하지는 않았다. 하지만 그 모든 시행착오가 이 책의 재료가 되었다.

이 책은 클래식 음악 여행을 꿈꾸는 분들을 위해 썼다. 패키지 투어가 아닌, 스스로 계획하고 떠나는 자유여행. 막막할 수 있다. 나도 그랬다. 유럽 음악 축제에 대한 정보는 생각보다 드물었다.

그래서 여정을 따라가며 실제로 도움이 될 정보를 함께 담았다. 각 페스티벌의 티켓 예매 방법, 좌석 선택 팁, 숙소와 식당 정보까지. TIP 박스로 정리해 두었으니 필요한 부분만 골라 보서도 좋다.

음악은 특별한 사람들만의 것이 아니다. 유럽의 공연장에서 만난 관객들은 대부분 평범한 시민들이었다. 그들에게 클래식은 특별한 취미가 아니라 일상의 풍경이었다.

우리도 그럴 수 있다. 한여름, 세 개의 무대가 당신을 기다리고 있다.

2026년 1월
윤일경

목차

8월 2일, 토요일 오후.

CGV 극장 1열에 앉았다. 화면 속에는 독일 뮌헨 오데온스 광장이 펼쳐지고 있었다. 한여름 유럽의 야외 콘서트. 바이에른 방송교향악단이 무대 위에 자리 잡고, 오스트리아의 거장 프란츠 벨저 뫼스트가 지휘대에 올랐다.

그리고 피아니스트 다닐 트리포노프가 등장했다.

프로코피예프 피아노 협주곡 3번. 첫 음이 울리는 순간, 나도 모르게 음악 속으로 빨려들었다. 놀라운 속도와 힘, 감정의 결이 살아 있는 건반 터치. '이 곡, 이렇게 좋았었나?' 새삼 놀랐다. 이어진 리하르트 슈트라우스의 '장미의 기사' 모음곡은 1막의 잔잔함, 2막의 생동감, 3막의 유쾌한 절정을 따라 하나의 흐름처럼 풀어냈다.

뮌헨은 멀었지만, 음악은 가까웠다.

시원한 극장에서 한여름 유럽 광장의 콘서트를 감상하는 특별한 시간. 이것이 CGV 씨네클래식이었다. 세계적인 공연을 영화관에서 생중계로 만나는 프로그램. 올여름에는 뮌헨 오데온스 광장 콘서트. 잘츠부르크 페스티벌, 베로나 아레나 페스티벌까지 줄줄이 상영 일정이 잡혀 있었다.

팝송반 언니들과 함께한 음악 데이트. 우리는 이날을 시작으로, 여름 내내 씨네클래식을 보기로 했다.

8월 10일, 다시 CGV 극장 1열.

이번엔 잘츠부르크 페스티벌 생중계였다. 화면 속에는 그로스 페스트슈필하우스, 대축제극장이 펼쳐지고 있었다. 빈 필하모닉 오케스트라가 무대 위에 자리 잡고, 지휘자 안드리스 넬손스가 등장했다. 턱시도와 드레스로 차려입은 관객들이 객석을 가득 메웠다.

말러 교향곡 10번 '아다지오'가 흘러나왔다. 고독과 절망, 희망과 극복의 서사가 음악 속에 녹아 있었다. 이어진 쇼스타코비치 교향곡 10번은 빈 필의 풍부한 음향과 넬손스의 섬세한 지휘가 만나 가슴을 울렸다.

옆자리 언니와 눈이 마주쳤다.

"저기 우리가 가는 곳이야"

며칠 후, 나는 저 무대 앞에 앉아 있을 것이다.

올여름의 계획은 단순했다. 유럽의 여름 음악 축제를 '직관'하는 것. 베로나 아레나 페스티벌, 브레겐츠 페스티벌, 그리고 잘츠부르크 페스티벌. 세 개의 축제를 따라 이탈리아에서 오스트리아까지 이어지는 열흘간의 여정.

다섯 명의 친구들과 함께 했다. 클래식을 좋아하지만, 악보를 읽을 줄 아는 사람은 없었다. 그저 음악이 주는 감동을 사랑하는 평범한 사람들. 우리는 오래전부터 "언젠가 유럽 음악 축제에 가보자"고 이야기해왔다. 그 '언젠가'가 드디어 올여름으로 정해졌다.

하지만 막상 준비를 시작하니 막막했다. 페스티벌 티켓은 어디서 사야 하는지, 어떤 좌석이 좋은지, 복장은 어떻게 해야 하는지. 검색해도 명확한 답을 찾기 어려웠다. 유럽 음악 축제에 대한 정보는 생각보다 드물었고, 대부분 패키지 투어 광고 뿐이었다.

그래서 씨네클래식이 더 소중했다.

화면 속 대축제극장을 보며 생각했다. '저기가 우리가 갈 곳이구나. 저 객석에 우리가 앉게 되는구나.' 무대가 어떻게 생겼는지, 관객들은 어떤 분위기인지, 공연은 어떤 식으로 진행되는지. 화면으로 먼저 보니 두려움이 설렘으로 바뀌었다.

씨네클래식은 예습이 됐다.

8월 13일, 인천공항.

드디어 출발이다. 밀라노행 대한항공 비행기에 올랐다.

베로나에서는 2천 년 된 로마 원형경기장에서 오페라 〈카르멘〉을 본다. 브레겐츠에서는 보덴호수 위에 떠 있는 무대에서 〈마탄의 사수〉를 만난다. 잘츠부르크에서는. 씨네클래식으로 봤던 그 대축제극장에서 빈 필하모닉의 콘서트와 오페라 〈맥베스〉를 감상한다.

꿈꾸던 무대들이 눈앞에 있었다.

이제 시작이다.

밀라노에서 베로나로

13시간 반, 꿈을 향한 비행

인천공항 출국장을 지나며 가슴이 두근거렸다. 베로나 아레나, 브레겐츠 호수 위 무대, 잘츠부르크 대축제극장. 몇 달 동안 꿈꾸던 세 가의 무대가 이제 정말 눈앞에 펼쳐질 것이다.

꿈꾸던 무대들이 비로소 현실이 되다. 이번 여행의 전체 경로

하지만 여행은 계획대로 흘러가지 않았다. 폭우로 인해 비행기는 한 시간 늦게 출발했고, 기내 와이파이마저 고장 나 있었다. 13시간 반을 하늘에 떠 있어야 한다는 사실이 새삼 실감났다. 다행히 옆자리가 비어 있어 다리를 뻗고 앉을 수 있었던 게 유일한 위안이었다.

창밖으로 구름이 흘러갔다. 나는 가방 속에서 잘츠부르크 페스티벌 프로그램북을 꺼내 다시 한번 펼쳤다. 빈 필하모닉 오케스트라, 리카르도 무티… 활자를 쫓다 보면 긴 비행 시간도 견딜 만했다.

밀라노 말펜사 공항에 도착한 건 현지 시각 오후 4시경이었다. 입국장을 빠져나오니 유럽의 공기가 피부에 닿았다. 8월의 이탈리아는 뜨겁고 건조했다.

우리를 기다리고 있던 가이드를 만나 인사를 나눴다. 자유여행이지만 400km가 넘는 장거리를 직접 운전하기엔 부담스러워, 운전과 가이드를 함께 맡아줄 분과 동행하기로 했다. 공항에서 20분 거리의 숙소로 향하는 동안, 차창 밖으로 이탈리아의 풍경이 스쳐 지나갔다.

밀라노 시내 호텔은 너무 비쌌기에 외곽의 4성급 호텔, ‘스타호텔 그랜드 밀란’을 선택했다. 호텔은 깔끔했다. 모던한 인테리어에 넓은 방, 푹신한 침대. 조식도 훌륭하다는 평이었다. 하지만 무엇보다 지금 필요한 건 잠이었다. 짐을 풀고 침대에 누웠다. 시차 적응이 필요했다. 내일부터는 본격적인 여정이 시작되니까.

밤 1시에 잠들었다. 그리고 새벽 3시에 눈이 떠졌다. 몸은 여전

히 한국 시간에 머물러 있었다. 천장을 보며 한숨을 쉬었다. '오늘 일정을 제대로 소화할 수 있을까?'

하지만 걱정도 잠시, 설렘이 다시 밀려왔다.

오늘 밤, 베로나 아레나에서 오페라 〈카르멘〉을 본다.

가르다 호수 위의 마을, 시르미오네

아침 7시 반, 우리는 호텔을 출발했다. 첫 목적지는 베로나가 아니었다. 베로나로 가는 길, 가르다 호수의 보석 같은 마을을 그냥 지나칠 수 없었다. 바로 시르미오네.

고속도로를 달리는 동안 차창 밖으로 이탈리아의 풍경이 펼쳐졌다. 초록빛 평야, 포도밭, 멀리 보이는 알프스의 능선. 한 시간 반을 달려 시르미오네 입구의 슈퍼마켓에 도착했을 때, 우리는 먼저 쇼핑부터 했다. 발사믹 식초, 올리브유, 와인, 포켓 커피까지. 여행의 기념품이자 실용품이었다.

시르미오네는 이탈리아에서 가장 큰 호수, 가르다 호수 위에 길게 뻗은 마을이다. 고대 로마 시대부터 귀족들의 휴양지였다고 하니, 이곳의 아름다움은 이미 2천 년 전부터 인정받았던 셈이다.

마을 입구에 들어서자 중세의 성, 스칼리제리 성이 우리를 맞았다. 물 위에 떠 있는 듯한 성벽과 아치형 문. 그 문을 통과하면 알록달록한 건물들이 줄지어 서 있는 골목이 시작된다.

기념품 가게, 옷 가게, 카페, 젤라토 가게. 어디를 둘러봐도 그림 같았다. 관광객들이 북적였지만, 그 소란스러움조차 마을의 일부처럼 자연스러웠다.

우리는 천천히 걸었다. 30도가 넘는 폭염 속에서도 발걸음을 멈출 수 없었다. 골목 끝까지 가면 마리아 칼라스의 옛 별장이 나온다는 사실을 알고 있었기 때문이다.

칼라스. 20세기 최고의 소프라노. 그녀의 이름 석 자가 주는 무게감은 여전했다. 베로나 아레나에서 〈아이다〉, 〈라 트라비아타〉를 불렀고, 세계를 사로잡았던 그 목소리의 주인공. 그녀가 이곳에 머물렀다는 사실만으로도 시르미오네는 특별해졌다.

별장 앞에 섰다. 정원은 조용했고, 담장 너머로 호수가 반짝였다.

그녀도 이 풍경을 보며 쉬었을까. 무대를 떠나 잠시나마 평온을 찾았을까.

얼굴이 시뻘개질 정도로 더웠지만, 기분은 좋았다.

12시 반, 우리는 전통 식당 '트라토리아 풀티시올로'에서 점심을 먹었다. 파스타, 해산물 튀김, 하몽, 카프리제. 이탈리아의 맛은 기대를 저버리지 않았다. 신선하고, 소박하고, 완벽했다. 시르미오네를 떠나며 뒤를 돌아봤다

칼라스가 머물던 호텔

이제, 베로나다.

시르미오네에서 베로나까지는 한 시간 거리. 오후 2시쯤 베로나 시내에 도착했을 때, 햇살은 여전히 뜨거웠다.

우리 숙소는 '호텔 아카데미아'.

아레나까지 도보 5분, 줄리엣의 집과 에르베 광장까지 걸어서 3~4분. 베로나의 모든 명소가 반경 300미터 안에 있는 완벽한 위치였다. 하지만 이 호텔을 선택한 이유는 위치만이 아니었다.

1913년, 베로나 아레나 오페라 페스티벌을 세계적인 무대로 만든 전설의 테너 조반니 제나텔로가 인수했던 곳. 그리고 마리아 칼라스가 자주 머물렀던 곳.

체크인을 하고 방에 들어섰다. 넓고 조용했다. 고풍스러우면서도 아늑한 분위기. 창문을 열자 베로나의 거리 소음이 은은하게 들려왔다. 침대에 앉아 잠시 숨을 고르면서 생각했다.

'칼라스도 이 복도를 걸었을까. 공연을 마치고 이 방에서 쉬었을까.'

오늘 밤, 나는 그녀가 서던 아레나 무대를 관객석에서 보게 된다. 2천 년의 역사를 품은 원형 경기장에서, 별빛 아래 펼쳐질 오페라 〈카르멘〉.

시차로 인한 피로가 몰려왔다. 공연을 맨 정신으로 감상하고 싶어서, 우리는 망설임 없이 낮잠을 자기로 했다. 알람을 맞춰두고 침대에 누웠다.

눈을 감자마자 잠이 쏟아졌다.

베로나, 첫 산책

몇 시간의 꿀잠 후, 우리는 개운한 얼굴로 호텔을 나섰다. 본격적인 오페라 공연 전, 베로나의 거리를 걸어보고 싶었다.

호텔에서 나와 좁은 골목을 따라 걷기 시작했다. 이탈리아 특유의 색감이 살아 있는 건물들, 햇살 아래 알록달록한 외벽이 마치 그림 같았다. 에르베 광장, 람베르티의 탑, 줄리엣의 집… 200~300미터 이내에 역사의 향기와 스토리가 있었다.

줄리엣의 집은 관광객들로 북적였다. 발코니 아래 줄리엣 동상 앞에서 사진을 찍는 사람들, 벽에 낙서처럼 남긴 사랑의 메시지들. 셰익스피어의 비극이 이렇게 낭만적인 관광 명소가 될 줄 누가 알았을까.

에르베 광장은 더 여유로웠다. 광장 중앙의 분수, 그 주변을 둘러싼 카페와 레스토랑들. 사람들은 노천 테이블에 앉아 커피를 마시거나 와인을 기울이며 오후를 즐기고 있었다.

도시 전체가 유네스코 세계문화유산. 어딜 걸어도, 언제 걸어도 힐링이었다.

1969년부터 운영됐다는 카페 보르사리에 들렀다. 소박하지만 감성 가득한 분위기 속에서 아이스 커피 한 잔을 마셨다. 쉐킷쉐킷 얼음 소리와 함께 더위가 조금 가셨다.

공연 시작 전, 우리는 아레나 바로 앞 브라 광장의 레스토랑 '비

     1장 밀라노에서 베로나로

토리오 에마누엘레'에서 저녁을 먹기로 했다. 대부분의 사람들은 광장을 바라보며 야외 테이블에 앉았지만, 우리는 시원한 실내를 선택했다.

고풍스럽고 분위기 있는 인테리어, 고급 레스토랑 같은 느낌이었다. 송아지 고기, 안심 스테이크, 리조또, 과일 샐러드를 주문했다. 서비스는 친절했고, 분위기는 좋았지만⋯ 맛은 기대에 미치지 못했다. '역시 관광지 맛집은⋯' 하며 쓴웃음을 지었다.

하지만 괜찮았다. 오늘의 하이라이트는 음식이 아니라 오페라니까.

창밖으로 보이는 아레나의 외벽이 서서히 어둠 속에 잠기고 있었다. 곧 저 안에서 불이 켜지고, 음악이 시작될 것이다.

우리는 천천히 식사를 마치고, 아레나를 향해 걸어갔다.

은은한 불빛의 베로나 에르베 광장

밀라노, 베로나가이드

스타호텔 그랜드 밀란 Starhotels Grand Milan

밀라노 시내 호텔은 1박에 30만원을 훌쩍 넘긴다. 첫 날은 어차피 시차 적응이 필요하니, 공항 근처 외곽 호텔을 추천한다. 4성급. 모던한 객실, 푹신한 침대, 조식 뷔페 포함. A9 고속도로 출구에서 2km라 다음 날 이동도 편리하다.

📍 Via Varese 23, Saronno
🌐 https://www.starhotels.com/en/our-hotels/
　grand-milan/

호텔 아카데미아 Hotel Accademia

1913년, 베로나 아레나 페스티벌을 세계적 무대로 만 든 테너 조반니 제나텔로가 인수한 호텔. 1940년대 엔 마리아 칼라스가 공연 때마다 머물렀다. 지금도 제 나텔로 가문이 운영 중이다. 아레나까지 도보 5분, 에 르베 광장 3분. 베로나 핵심 위치에 역사까지 품은 곳.

📍 Via Scala 12, Verona
🌐 https://www.hotelaccademiaverona.it

카페 보르사리 Caffè Borsari

1969년 알도 살로모니가 문을 연 뒤, 지금은 아들 스티브가 이어가는 가족 경영 카페. 베로나 '역사적 상점(Botteghe Storiche)'으로 지정됐다. 직접 로스팅한 커피, 초콜릿 카푸치노, 피스타치오 크로와상이 유명. 소박하지만 감성 가득한 분위기에서 더위를 식히기 좋다.

📍 Corso Porta Borsari 15, Verona
🌐 https://maps.app.goo.gl/UFsmV557qiNjwS6JA

비토리오 에마누엘레 Ristorante Vittorio Emanuele

1895년 문을 연, 130년 역사의 레스토랑. 브라 광장, 아레나 바로 앞이라 야외 테라스에서 광장을 바라보며 식사할 수 있다. 고풍스러운 실내 분위기도 훌륭하다. 솔직히 말하면? 위치와 분위기는 최고, 맛은 평범. 관광지 프리미엄이 있지만, 공연 전 우아한 식사를 원한다면 나쁘지 않다.

📍 Piazza Bra 16, Verona
🌐 https://maps.app.goo.gl/Q7cuQzAbtwYSg3
    gP6

2장

베로나에서 만난 《카르멘》

2천 년을 버텨온 무대

저녁 8시, 우리는 베로나 아레나(Arena di Verona) 앞에 섰다.

브라 광장에서 바라본 아레나의 외벽은 압도적이었다. 서기 30년경에 지어진 로마 시대 원형 경기장. 거대한 아치들이 줄지어 서 있고, 2천 년의 세월을 버텨온 돌들이 석양 빛에 붉게 물들어 있었다.

티켓 확인과 가방 검사를 마치고 입구를 통과했다. 통로를 따라 걸어 들어가는 순간, 시야가 확 트였다.

"와…"

저절로 탄성이 나왔다.

반원형으로 펼쳐진 거대한 돌계단. 하늘을 향해 층층이 쌓인 좌석들. 그 위를 가득 메운 사람들. 중앙 바닥에는 레드 카펫이 깔려 있고, 의자들이 정갈하게 놓여 있었다.

약 2만 명을 품을 수 있다는 이곳은, 검투사들이 싸우던 경기장에서 오페라 무대로 변신했다. 1913년 베르디 탄생 100주년을 기념해 이곳에서 《아이다》가 처음 공연된 이후, 전쟁 시기를 제외하고 매년 여름 오페라 축제가 열려왔다.

우리 좌석은 13열 중앙. 무대가 훤히 보이는 좋은 자리였다. 자리에 앉아 주위를 둘러봤다. 드레스와 정장, 세미 정장으로 차려입은 사람들이 대부분이었다. 야외 공연인데도 오페라를 대하는 그들의 진심이 느껴졌다.

해가 완전히 지고, 어둠이 내려앉기 시작했다. 무대에 조명이 켜졌다.

곧 공연이 시작될 것이다.

2천년의 세월을 고스란히 간직한
로마시대 원형 경기장, 베로나 아레나

베로나 아레나로 들어가는 길

웅장한 서막, 그리고 졸음

오케스트라의 호쾌한 서곡이 울려 퍼졌다. 비제의 《카르멘》, 그 유명한 선율이 야외 경기장을 가득 채웠다. 마이크 없이도 음향이 살아나는 이곳의 구조가 신기했다.

막이 열렸다.

무대 위에 200여 명의 출연진이 등장했다. 군인들, 집시들, 시민들… 무리 지어 노래하고 춤추는 모습이 장관이었다. 그런데 놀라운 건 그것 만이 아니었다.

말이 나타났다. 진짜 말. 그리고 마차까지.

"무대 위에서 저걸 하네…"

옆 친구가 놀란 표정으로 중얼거렸다. 오페라 하우스가 아닌 거대한 야외 무대이기에 가능한 일이었다. 스케일 자체가 달랐다.

1막, 세비야의 담배 공장 앞 광장. 군인들 사이로 등장한 카르멘의 아리아 〈하바네라〉가 울려 퍼졌다. "사랑은 길들일 수 없는 새…" 귀에 익은 선율이었다. CGV에서 여러 번 들었던 곡이라 반가웠다.

돈 호세가 부르는 〈꽃노래〉도 좋았다. "네가 던진 꽃을…" 애절한 목소리가 밤하늘로 퍼져 나갔다.

2막, 릴라스 파스티아의 주점. 카르멘의 〈세기디야〉와 투우사 에스카미요의 〈투우사의 노래〉가 이어졌다. "투우사여, 조심하라…" 이 곡 역시 귀에 익었다.

무대는 화려했고, 음악은 웅장했다. 하지만…

문제는 자막이었다.

무대 양쪽에 자막이 떴지만, 이탈리아어와 영어뿐이었다. 글씨도 작았다. 13열에서 보기엔 또렷하지 않았다. 유명한 아리아 7곡은 미리 여러 번 들어서 알아들을 수 있었지만, 그 외의 장면들은 도통 무슨 내용인지 알 수 없었다.

작년에 체조경기장에서 본 《투란도트》가 떠올랐다. 그때도 한글 자막이 너무 작아서 잘 안 보였고, 아는 노래 몇 개를 제외하곤 내용을 따라가지 못해 감동이 덜했었다.

《카르멘》도 똑같았다. 아는 곡이 나올 땐 신이 났지만, 그 외엔… 솔직히 말하면, 졸렸다.

30도가 넘는 더위 속에서 하루 종일 돌아다녔고, 시차 적응도 안 된 상태였다. 2막 중반쯤, 고개가 앞으로 꺾이는 순간이 있었다. 원피스 차려입고 공연장에서 헤드뱅잉을 하다니.

2막이 끝나고 인터미션. 자리에서 일어나 신선한 공기를 마시며 정신을 차렸다.

3막이 시작됐다. 밀수꾼들의 아지트, 산속. 카르멘과 돈 호세의 갈등이 깊어지고, 카드 점에서 카르멘이 죽음을 예감하는 장면.

음악은 비극을 향해 치닫고 있었다. 하지만 여전히 자막은 잘 안 보였고, 내용 전개를 제대로 따라가기 어려웠다.

그렇게 3막이 끝났다.

밤 12시 5분.

마지막 30분

3막이 끝나고 막이 내려갔다. 그런데 뭔가 이상했다. 카르멘이 살아 있었다. 돈 호세도 멀쩡했다.

"어? 카르멘이 안 죽네…"

"왜 이렇게 끝나지?"

우리는 서로 얼굴을 마주봤다. 분명 《카르멘》은 비극으로 끝나는 작품이다. 돈 호세가 카르멘을 죽이는 장면이 클라이맥스인데, 그게 없었다.

'설마… 이렇게 끝?'

순간, 진지하게 고민했다.

'이제 그만 호텔 가서 잘까?'

피곤했다. 자막도 안 보이고, 졸렸고, 3막까지 봤는데 뭔가 어정쩡하게 끝난 느낌이었다. 내일 아침 일찍 출발해야 하는데, 계속 앉아 있어야 하나 싶었다.

하지만 주위 사람들은 아무도 일어나지 않았다. 모두 자리에 앉아 다음을 기다리고 있었다.

그때, 막 바깥쪽 무대에서 음악이 흘러나왔다.

플라멩고 댄스 배틀이 시작됐다. 무용수들이 열정적으로 춤을 췄고, 관객들은 박수를 치며 환호했다. 우리도 신이 나서 박수를 쳤다.

그리고 막이 다시 열렸다.

4막. 세비야의 투우장 앞. 화려한 투우 축제 분위기 속에서, 카르멘과 돈 호세의 마지막 대결이 펼쳐졌다.

에스카미요의 투우 장면과 함께, 돈 호세는 카르멘에게 마지막으로 애원한다. 카르멘은 단호하게 거절한다. 투우장 안에서 환호성이 들려오는 순간, 돈 호세는 칼을 뽑는다.

카르멘이 쓰러졌다.

돈 호세는 그녀의 시신을 안고 비통하게 외쳤다.

"카르멘! 내 사랑하는 카르멘!"

그 순간, 관객석은 숨소리조차 들리지 않을 만큼 고요했다.

조명이 꺼지고, 잠시 어둠이 내려앉았다. 그리고 다시 무대가 밝아지며 출연진들이 등장했다. 이번엔 진짜 커튼콜이었다.

관객들이 모두 일어섰다. 우뢰와 같은 박수와 환호성이 터져 나왔다. 나도 일어나 박수를 쳤다. 손바닥이 아플 정도로.

밤하늘 아래 펼쳐진 압도적인 스케일의 오페라 <카르멘> 무대

졸렸던 2막, 자막이 안 보여서 답답했던 3막, 포기하고 가려던 순간… 그 모든 게 마지막 30분의 감동으로 모두 씻겨 내려갔다.

아, 이래서 사람들이 베로나 아레나를 찾는구나.

2천 년을 버텨온 돌계단 위에서, 별빛 아래 펼쳐진 오페라. 200명의 출연진, 말과 마차, 그리고 마지막 비극의 절정까지.

비록 모든 내용을 다 알아듣지는 못했지만, 마지막 30분은 평생 잊지 못할 것 같았다.

별빛 아래의 귀환

공연이 끝난 건 밤 12시 반이 넘어서였다.

아레나를 빠져나와 브라 광장을 걸었다. 사람들이 삼삼오오 모여 공연 이야기를 나누며 천천히 흩어졌다. 광장의 카페들은 여전히 불을 밝히고 있었고, 노천 테이블마다 사람들이 앉아 있었다.

베로나의 밤은 여전히 뜨거웠다.

호텔까지는 5분 거리. 천천히 걸으며 오늘 밤을 되새겼다.

칼라스가 서던 무대를, 나는 관객석에서 봤다. 제나텔로가 세계적 축제로 만든 베로나 아레나 페스티벌의 현장에 있었다. 그리고 비록 졸기도 하고, 자막이 안 보여서 힘들기도 했지만, 결국 마지막엔 감동받았다.

"다음엔 한글 자막 있는 오페라를 봐야겠어."

"그래도 좋았잖아. 마지막."

“응, 마지막은 정말… 대박이었어.”

호텔 아카데미아에 도착해 방에 들어섰다. 침대에 누우니 온몸이 녹아내리는 것 같았다.

내일은 브레겐츠를 향해 출발한다. 400km가 넘는 긴 여정이지만, 또 다른 무대가 기다리고 있다.

호수 위에 떠 있는 무대, 브레겐츠 페스티벌.

곧 잠이 쏟아졌다.

베로나 아레나 페스티벌 가이드

베로나 아레나 오페라 페스티벌 티켓 예매 Arena di Verona Opera Festival
1913년부터 매년 6월 중순~9월 초 열리는 세계 최대 야외 오페라 축제. 약 15,0C0석 규모의 로마 원형경기장에서 펼쳐지는 공연은 마이크 없이도 울림이 살아나는 천연 음향이 자랑이다.

티켓 가격 (2025년 기준)
Poltronissima Gold: €208~330 (바닥 중앙 최고석, VIP)
Poltronissima: €159~208 (바닥 의자석)
Poltrone: €100~130 (바닥 의자석, 측면)
Gradinata numerata: €30~50 (돌계단 지정석)
Gradinata non numerata: €20~26 (돌계단 비지정석, 선착순)

할인
U30 할인: 30세 미만 €30으로 Poltrone 좌석 가능 (신분증 필수)
65세 이상: 일부 좌석 할인 적용

예매 방법
전년도 12월에 다음 시즌 프로그램 공개 및 티켓 판매 시작
인기 공연(아이다, 카르멘 등)은 3~6개월 전 예매 권장

예매 순서
공식 사이트 접속 → arena.it/buy
원하는 공연/날짜 선택 → 좌석 지도에서 잔여석 확인
회원가입 후 할인 자격 확인 (U30, 65+ 등)
결제 (Visa, MasterCard, Amex) → 이메일로 e-티켓 수령
⚠ 주의: Viagogo, Stubhub 등 비공식 사이트 구매 금지! 위조 티켓 위험이 있고, 입장 거부될 수 있다.

좌석 선택 팁

Poltronissima/Poltrone (바닥 의자석): 무대와 가깝고 편안하며, 드레스코드 적용.

Gradinata (돌계단석): 전체 무대와 아레나를 조망하기 좋음. 저렴하고 분위기 만점. 단, 쿠션 필수!

드레스코드

필수는 아니지만, 바닥 의자석(스톨)은 스마트 캐주얼 이상 권장

남성: 스톨 좌석에서 반바지, 민소매, 쪼리 금지

여성: 원피스나 세미 정장이면 충분

돌계단석은 캐주얼 OK

Poltronissima Gold에는 이브닝드레스/턱시도 차림도 많음

야외 공연 꿀팁

쿠션: 돌계단석 필수! 현장 대여 €3~5, 또는 집에서 가져가기

더위 대비: 8월은 밤에도 덥다! 부채나 휴대용 선풍기, 생수 챙기기

도착 시간: 비지정석은 2시간 전, 지정석도 30분 전 도착 권장

금지 사항: 음식/음료 반입 금지, 0.5L 이상 물병 금지, 사진/영상 촬영 금지, 우산 금지 (접이식 작은 것만 OK), 17L 이상 큰 가방 금지

리브레토: 티켓에 포함 안 됨. Gate 10 아레나 숍에서 구매 가능 (€5~10)

공연 정보

시작 시간: 보통 21:00 또는 21:30 (일몰 후)

공연 시간: 2.5~4시간 (인터미션 포함)

2025년 시즌: 6월 13일 ~ 9월 6일

📍 Piazza Bra 1, 37121 Verona
🌐 https://www.arena.it
📞 콜센터: +39 045 8005151

브레겐츠에서 만난 《마탄의 사수》

알프스를 넘어

베로나에서의 뜨거운 밤이 지나고, 우리는 다시 차에 올랐다. 다음 목적지는 오스트리아 브레겐츠. 400km가 넘는 거리였다.

이탈리아를 벗어나 알프스를 가로지르는 길. 차창 밖 풍경이 서서히 바뀌기 시작했다. 베로나의 붉은 벽돌과 따가운 햇살은 어느새 사라지고, 끝없이 이어지는 녹색 평원과 침엽수림이 눈앞에 펼쳐졌다. 알프스 능선 너머로 구름이 낮게 드리워져 있었다.

6시간을 달렸다. 지루할 법도 한데, 창밖 풍경이 계속 바뀌어서 시간 가는 줄 몰랐다. 평원에서 산으로, 산에서 다시 호수로. 유럽은 정말 다양한 얼굴을 가진 대륙이구나 싶었다.

인스브루크를 지나 계속 북서쪽으로. 달려 오후 늦게, 드디어 도른비른에 도착했다.

브레겐츠에서 차로 15분 거리, 도른비른 외곽의 **포 포인츠 바이 쉐라톤 파노라마하우스.** A14 고속도로 바로 옆이라 찾기도 쉬웠다.

밝고 모던한 실내, 통유리 창으로 스며드는 햇살. 넓은 침대와 깔끔한 욕실까지, 여행의 피로를 풀기에 충분했다. 하지만 이 호텔의 진짜 백미는 따로 있었다.

다음 날 아침, 꼭대기 층 레스토랑에 올라갔다. 문을 열고 들어서는 순간, "와!" 탄성이 절로 나왔다.

통유리 너머로 펼쳐진 풍경이 말 그대로 파노라마였다. 오스트리아, 리히텐슈타인, 독일. 세 나라가 만나는 지점을 한눈에 내려다볼 수 있었다. 베란다를 따라 천천히 돌면, 낮은 알프스 능선과 도시 전경이 360도로 펼쳐졌다.

갓 구운 빵의 고소한 냄새, 오스트리아식 소시지의 짭조름한 풍미, 그리고 그 모든 것을 감싸는 창밖의 풍경. 아침 식사 한 끼가 여행의 완벽한 조각이 되는 순간이었다.

파노라마하우스의 조식

세나라가 보이는 360도 전망

호수 위 무대

브레겐츠는 오스트리아 최서단, 보덴호수(Bodensee) 가에 자리한 작은 도시다. 보덴호수는 독일어로 '바다 같은 호수'라는 뜻인데, 실제로 보니 정말 바다처럼 넓었다.

호수 건너편으로 독일과 스위스가 보였다. 세 나라가 하나의 호수를 나눠 쓰고 있는 셈이다. 그 한가운데, 물 위에 떠 있는 거대한 무대. 브레겐츠 페스티벌(Bregenzer Festspiele)의 상징이었다.

1945년 첫 개막 이후, 이 축제는 세계 3대 오페라 페스티벌 중 하나로 자리 잡았다. 호수 위 무대(Seebühne)는 매번 독창적인 무대 장치로 화제가 되는데, 2년마다 작품을 바꿔가며 공연한다.

2024~2025년 시즌 작품은 베버의 《마탄의 사수》. 독일 낭만 오페라의 대표작을 현대적으로 재해석한 무대라고 했다.

저녁 9시. 해가 서서히 지고, 호수에 어둠이 내려앉을 즈음 공연이 시작됐다.

보덴호수 위에 떠있는 환상적인 <마탄의 사수> 무대

객석은 호수를 마주 보고 있었고, 무대는 정말로 물 위에 떠 있었다. 거대한 구조물이 호수 한가운데 솟아 있는 모습은 그 자체로 압도적이었다. 인터미션 없이 2시간 10분. 베로나의《카르멘멘》보다 짧았지만, 처음부터 긴장감이 달랐다.

악마의 손아귀에서

사실 우리는 이 오페라를 예습하고 왔다.《마탄의 사수》가 어떤 이야기인지, 막스가 악마에게 마법의 탄환을 받고 결국 구원받는다는 줄거리를 알고 있었다.

그런데 막이 오르는 순간, 심장이 철렁 내려앉았다.

총에 맞아 쓰러진 아가테. 교수대에 목이 매달린 막스.

"어? 이게 정말《마탄의 사수》맞아?"

우리가 아는 이야기와 완전히 달랐다. 해피엔딩으로 끝나야 할 오페라가 비극으로 시작했다.

다음 순간, 악마 자미엘이 등장했다.

"자, 이제 처음부터 다시 봅시다."

그는 시간을 되감기 시작했다. 죽었던 사람들이 다시 살아나고, 이야기가 거꾸로 흘러갔다.

원작에서 자미엘은 잠깐 나오는 악마일 뿐이다. 그런데 이 무대에서는 달랐다. 자미엘이 처음부터 끝까지 모든 걸 주물럭거렸다. 무대 위 사람들은 그가 짜놓은 각본대로 움직이는 인형 같았고, 우

 3장 브레겐츠에서 만난《마탄의 사수》

리 관객까지도 그의 손바닥 위에서 놀아나는 기분이었다.

순수했던 아가테는 신경질적인 여인으로, 용감한 사냥꾼 막스는 글을 쓰는 서기로 바뀌었다. 친구는 레즈비언 커플이 되었고, 전쟁의 상처를 입은 카스파르는 막스를 늪으로 유혹했다.

결국 인간은 정해진 운명을 벗어날 수 없다는 건가? 자미엘의 비웃음이 호수 위로 퍼져나가는 듯했다.

무대 위에선 계속 뭔가 일어났다. 물 위를 누비는 요정들, 늪에서 헤엄치는 좀비들, 불길이 솟구치는 장면. 심지어 싱크로나이즈드 수영까지.

특히 늑대 골짜기 장면은 압도적이었다. 카스파르가 불길에 둘러싸여 마법의 탄환을 만들 때, 객석 전체가 소름이 돋았다. 베버의 으스스한 음악과 조명 효과, 안개와 천둥소리가 어우러져 무대는 악몽 같은 공간으로 변했다.

독일어 대사를 알아들을 리 없었다. 하지만 감정은 또박또박 전해졌다. 자미엘의 냉소적인 농담, 막스의 절망, 아가테의 불안. 배우들의 몸짓과 음악이 모든 걸 말해주었다.

그리고 마지막, 가장 인상적인 순간이 왔다.

자미엘이 갑자기 관객석을 향해 물었다.

"Sad ending이면 안 되겠죠? 그럼 good ending으로 가볼까요?"

우리는 환호했다.

자미엘이 다시 시간을 돌렸다. 비극은 해피엔딩으로 바뀌었다. 은자가 나타나 모든 것을 용서하고, 막스와 아가테는 행복하게 결혼했다.

하지만… 그 은자의 옷 속에 숨어 있던 건 다름 아닌 자미엘 본인
이었다.

해피엔딩 마저도 악마가 허락한 것이었다. 섬뜩한 반전이었다.

호수위 무대를 바라보는 관객석

<마탄의 사수> 커튼콜

여름 밤의 마법

음악 역시 놀라웠다. 호른으로 시작된 〈서곡〉, 숲을 가르는 듯 웅
장한 〈사냥꾼의 합창〉, 불안에 흔들리며 부르는 아가테의 〈카바
티나〉.

특히 〈사냥꾼의 합창〉이 호수 위로 퍼져나갈 때는 전율이 일었
다. 야외 공연이라 음향이 걱정됐는데, 오히려 자연과 어우러져 더
깊은 울림을 만들어냈다.

어느새 나는 숨소리조차 내지 않은 채 무대에 빠져들었다. 객석 전체가 한 몸처럼 고요했다. 대사가 많은 오페라에 이렇게 집중할 줄은 몰랐다. 베로나에서의 졸음은 어디 갔는지, 눈을 뗄 수가 없었다.

공연이 끝나고 커튼콜이 시작되자, 객석은 폭발했다. 기립 박수가 쏟아졌고, 환호가 멈추지 않았다.

"와… 정말 환상적이었어."

"호수 위 무대라는 게 이런 거구나."

우리는 자리에서 일어나면서도 한참 동안 무대를 바라봤다. 밤하늘 아래 어둠 속에서 빛나는 무대, 잔잔한 호수 위에 비치는 불빛, 그리고 멀리 보이는 알프스 산맥.

단순히 공연을 본 게 아니었다. 호수와 산, 음악과 관객이 모두 하나가 된 한여름 밤의 꿈 속에 들어갔다 나온 느낌이었다.

공연장을 나와 호숫가를 천천히 걸었다. 밤공기가 시원했다.

"《카르멘》하고는 완전 다른 느낌이었어."

"응. 베로나는 웅장하고 화려했다면, 브레겐츠는 신비롭고 몽환적이었지."

"와, 해석을 달리해 완전히 바뀠네. 무지 재밌다."

우리는 차에 올라타며 다시 한번 호수 위 무대를 돌아봤다. 어둠 속에서도 그 거대한 구조물은 여전히 빛나고 있었다.

오직 브레겐츠에서만 볼 수 있는 마법. 호수 위에 떠 있는 무대, 알프스 산맥을 배경으로 펼쳐지는 오페라, 그리고 자연과 예술이 하나 되는 순간.

이 여름, 우리는 또 하나의 특별한 꿈을 꾸었다.

브레겐츠 페스티벌 가이드

브레겐츠 페스티벌 티켓 예매 Bregenzer Festspiele

1946년 시작된 세계 3대 오페라 페스티벌. 매년 7월 중순~8월 중순, 약 5주간 열린다. 호수 위 무대(Seebühne)에서 하나의 오페라를 2년 연속 공연하며, 매년 약 20만 명이 찾는다.

티켓 가격 (2025년 기준)

카테고리 1: €100~150

카테고리 2: €70~100

카테고리 3: €30~50

예매 방법

10월 1일: 다음 해 티켓 판매 시작

공식 사이트에서 직접 온라인 예매 (잘츠부르크처럼 복잡한 추첨 없음)

주말과 저가 좌석은 빨리 매진되니 10월에 바로 예매 권장

예매 순서

공식 사이트 접속 → Tickets → Opera on the Lake 클릭

캘린더에서 원하는 날짜 선택

좌석 카테고리 선택 → 결제

티켓은 이메일로 발송 (모바일 월렛 저장 가능)

좌석 선택 팁

약 7,000석 반원형 객석, 경사가 급해서 어디서든 시야가 좋음

굳이 비싼 좌석이 아니어도 충분히 잘 보임 (잘츠부르크 대비 가성비 최고)

좌석은 플라스틱 의자, 쿠션 대여 가능

티켓 종류 주의!

Hauskarten: 악천후 시 실내(Festspielhaus)로 이동해 관람 가능

Seekarten: 호수 무대 전용, 악천후 취소 시 환불만 가능 (날씨 걱정되면 Hauskarten 추천)

드레스코드

공식 드레스코드 없음, 스마트 캐주얼이면 충분

실제로는 하이킹복부터 이브닝드레스까지 다양함

야외 공연이라 편한 복장 OK, 단 저녁에 호수 바람으로 쌀쌀해지니 재킷이나 숄 필수

야외 공연 꿀팁

공연 시작: 밤 9시~9시 15분 (인터미션 없이 약 2시간)

우산 사용 금지 (뒷사람 시야 가림) → 방수 재킷 또는 판초 필수 (현장 판매)

비가 와도 공연 진행 (폭우/낙뢰 시에만 취소, 공연 1시간 전 안내방송)

자막은 무대 양옆 대형 스크린에 독일어/영어로 표시

📍 Platz der Wiener Symphoniker 1, 6900 Bregenz

🌐 https://bregenzerfestspiele.com/en/tickets

📞 +43 5574 4076

포 포인츠 바이 쉐라톤 파노라마하우스

Four Points by Sheraton Panoramahaus Dornbirn

브레겐츠에서 차로 15분 거리, 도른비른 외곽에 위치. A14 고속도로 바로 옆이라 찾기 쉽다. 꼭대기층 레스토랑에서 오스트리아, 독일, 리히텐슈타인 세 나라가 보이는 360도 파노라마 전망을 즐기며 조식 가능. 모던한 객실과 스파 시설도 만족스럽다. 페스티벌 기간 브레겐츠 시내 숙소는 일찍 매진되고 가격도 치솟는데, 이곳은 가격 대비 만족도가 높다.

📍 Messe Strasse 1, 6850 Dornbirn, Austria

🌐 https://www.marriott.com/en-us/hotels/achfp-
four-points-panoramahaus-dornbirn

4장

알프스의 품, 인스브루크

인스브루크로

브레겐츠를 떠나는 아침, 하늘이 잔뜩 찌푸려 있었다.

차를 출발하자마자 빗방울이 떨어지기 시작했다. 금세 폭우로 변했다. 와이퍼가 미친 듯이 움직였지만, 앞이 잘 보이지 않았다.

인스브루크까지는 약 2시간 반. 고속도로를 달리며 내내 비와 씨름했다.

하지만 차창 밖 풍경만큼은 놓칠 수 없었다. 비에 젖은 알프스의 산과 구름이 너무 아름다워 눈을 뗄 수가 없었다. 녹색 산자락에 낮게 걸린 구름, 안개 속에서 모습을 드러냈다 숨는 능선, 빗물에 촉촉이 젖은 침엽수 숲.

2시간 반을 달려 드디어 인스브루크에 도착했다. 도시에 들어서자 거짓말처럼 비가 그쳤다. 햇살이 쨍쨍 비추기 시작했다.

인스부루크 가는 길, 비에 젖은 알프스의 신비로운 풍경

인스브루크(Innsbruck). 인(Inn)강과 다리(Brücke)에서 온 이름이다. "인강을 건너는 다리"라는 뜻. 해발 570m 고도의 이 도시는 한가운데로 인강이 흐르고, 사방이 알프스 산맥으로 둘러싸여 있다.

강 너머로 펼쳐진 풍경에 저절로 탄성이 나왔다. 인강을 따라 줄지어 선 알록달록한 건물들. 파스텔 톤의 노란색, 분홍색, 하늘색, 연두색 건물들이 마치 동화 속 그림 같았다. 그 뒤로는 구름을 머금은 알프스 산맥이 웅장하게 솟아 있었다.

날씨가 자주 변한다고 했는데, 정말이었다. 아까까지 폭우가 쏟아지더니 지금은 하늘이 맑다. 기온차도 크고 습하다는 게 이곳의 특징이다.

알프스 산맥이 병풍처럼 감싸고 있는 인스부르크의 파스텔 톤 거리

구시가지 산책

구시가지로 들어서자 가장 먼저 눈에 띈 건 황금지붕(Goldenes Dachl)이었다.

금빛 청동 타일 2,657개로 장식된 발코니. 햇빛을 받아 반짝이는 모습이 화려했다. 15세기 막시밀리안 1세가 만든 것이라고 한다. 다만… 생각보다 작았다. 사진으로 볼 땐 건물 전체가 금빛인 줄 알았는데, 실제로는 3층 발코니 지붕 부분만 금색이었다.

황금지붕 주변은 관광객들로 북적였다. 우리도 한 컷씩 남기고 구시가지 골목으로 들어갔다.

인스브루크에서 가장 재미있었던 건 황금지붕도, 막시밀리아네움도 아니었다. 바로 **구시가지 골목 쇼핑**이었다.

좁은 골목마다 작은 상점들이 늘어서 있었다. 전통 공예품 가게, 기념품 가게, 초콜릿 가게, 의류 매장까지. 하나하나 들어가서 구경하는 재미가 쏠쏠했다.

티롤 지방 전통 의상, 나무로 만든 소품들, 알프스 모양 초콜릿, 에델바이스 자수가 들어간 손수건. 하나같이 예뻤다. 작은 물건 하나에도 이야기가 있고, 그걸 고르는 과정 자체가 즐거움이다. 골목 곳곳이 마치 작은 보물 상자 같았다. 발걸음이 절로 느려졌다.

골드너 아들러에서의 점심

쇼핑을 실컷 하고 나니 배가 고팠다.

점심은 **골드너 아들러**(Goldener Adler) 호텔의 레스토랑에서 먹기로 했다. 1390년부터 있었다는 유서 깊은 곳이다. 막시밀리안 1세, 모차르트, 괴테도 다녀갔다고 한다.

레스토랑 내부는 고풍스러웠다. 나무 벽과 전통적인 인테리어가 역사를 말해주는 듯했다.

우리는 소고기, 닭고기, 돼지고기 요리를 시켰다. 음식이 나왔다. 보기엔 괜찮았다. 한 입 먹어봤다.

소소했다.

오스트리아 음식은 대체로 그랬다. 짜지도 달지도 않고, 향신료도 강하지 않다. 소소하다는 표현이 딱 맞았다.

하지만 괜찮았다. 음식 맛보다 중요한 건, 600년 역사를 가진 이 공간에서 식사를 한다는 경험 자체였다. 모차르트와 괴테도 이 자리에 앉았을 거라 생각하니, 음식이 조금 밋밋해도 뭐 어떤가. 유서 깊은 식당에서 밥 먹었다는 걸로 만족이었다.

스와로브스키 크리스털 월드(Swarovski Kristallwelten).

스와로브스키 크리스털 월드 - 물을 뿜는 거대한 얼굴 조형물

식사 후, 차로 20분 거리의 바트 바텐스로 향했다. 스와로브스키 크리스털 월드. 입구부터 압도적이었다. 거대한 얼굴 조형물이 우리를 반겼다. 풀로 뒤덮인 얼굴에서 물이 쏟아져 나오는 모습이 신비로웠다.

내부로 들어가자 18개의 전시 공간이 펼쳐졌다. 각 공간마다 빛과 음악, 그리고 반짝이는 크리스털이 어우러져 화려함의 극치를 보여줬다.

특히 **크리스털 돔(Crystal Dome)** 안에서는 사방으로 퍼지는 반짝임에 눈이 부셨다. 800개의 거울과 크리스털이 만들어내는 무한의 공간. 마치 다른 세계에 들어온 것 같았다.

정원 위에 떠 있는 크리스털 클라우드(Crystal Cloud)도 환상적이었다. 80만 개의 크리스털이 햇빛을 받아 반짝이는 모습은 정말 구름 같았다.

관람을 마치고 매장에 들렀다. 온갖 종류의 크리스털 제품들이 빼곡했다. 시중보다 싸진 않았지만, 여행의 반짝이는 추억 하나 담는 셈 치고 목걸이 하나를 샀다.

크리스털의 빛과 예술, 그리고 쇼핑까지 한 번에 즐길 수 있는 곳. 으스트리아 여행 중 한 번 들러볼 만한 코스였다.

인스브루크를 떠나며 차창 밖을 내다봤다.

인강 앞으로 펼쳐진 파스텔 톤 건물들. 알록달록한 외벽들이 햇빛을 받아 더욱 선명하게 빛났다. 그 뒤로 구름을 두른 알프스 산맥이 병풍처럼 도시를 감싸고 있었다. 강물은 잔잔히 흐르고, 산자락에 옹기종기 모인 건물들은 마치 한 폭의 그림 같았다.

자연과 역사, 그리고 일상이 함께하는 도시. 날씨가 자주 바뀌고, 음식이 소소하고, 그래도 골목 쇼핑은 재미있고, 반짝이는 크리스털은 눈부셨던 하루였다.

다음은 드디어 잘츠부르크. 이번 여행의 진짜 메인 미션인 잘츠부르크 페스티벌이 우리를 기다리고 있었다.

골드너 아들러 Goldener Adler

1390년부터 이어온 유럽에서 가장 오래된 호텔 겸 레스토랑 중 하나. 막시밀리안 1세, 모차르트, 괴테가 다녀간 곳으로 유명하다. 티롤 지방 전통 요리를 맛볼 수 있다. 황금지붕 바로 옆, 구시가지 한복판에 위치. 예약 권장.

📍 Herzog-Friedrich-Straße 6, 6020 Innsbruck
🌐 https://www.goldeneradler.com/en/
　　https://maps.app.goo.gl/hBQHgU9giQChv44r9

스와로브스키 크리스털 월드 Swarovski Kristallwelten

인스브루크에서 차로 20분, 바텐스에 위치. 18개 전시 공간에서 빛과 크리스털의 예술을 감상할 수 있다. 크리스털 돔, 80만 개 크리스털로 만든 크리스털 클라우드가 하이라이트. 매장은 입장권 없이도 방문 가능. 온라인 티켓 구매 시 줄 서지 않고 입장. 성인 약 €23, 소요시간 2~3시간.

📍 Kristallweltenstraße 1, 6112 Wattens
🌐 https://kristallwelten.swarovski.com/en/tickets

5장

잘츠부르크의 음악

아라벨라 야그도프 리조트, 푸슐 호수의 아침

잘츠부르크 시내에서 차로 20여 분, 잘츠카머구트 지역 입구에 자리한 아라벨라 야그도프 리조트 암 푸슐제. 이번 여행에서 가장 기대했던 숙소였다.

리조트 주변은 전형적인 오스트리아 마을의 모습이었다. 전통 가옥의 창문마다 꽃상자가 걸려 있고, 뾰족한 지붕의 시골집들이 옹기종기 모여 있었다. 창문을 열자 신선한 풀 내음과 산바람이 스며들었다. 발코니에 서니 동화책 속 풍경이 그대로 펼쳐졌다.

푸른 호수와 주변의 슈베르 산이 어우러진 풍경은 한 폭의 그림 같았다.

객실은 넓고 쾌적했다. 침대에 누워 천장을 바라보니 내일이면 드디어 잘츠부르크 페스티벌이구나 하는 생각에 가슴이 두근거렸다.

다음 날 아침, 산책을 나섰다. 리조트에서 조금만 걸으니 푸슐제

동화속 풍경 같았던 아라벨라 야그도프 리조트

물안개가 피어오른 푸슐제 호수

호수가 나타났다. 물안개가 피어오른 호숫가를 천천히 걸었다. 발소리간 들릴 뿐, 세상은 고요했다.

한적하고 평화로운 시간 속에서, 우리는 여행자가 아니라 이곳에 사는 사람처럼 느껴졌다.

한 달 살기를 하고 싶다는 생각이 들었다. 진심으로.

빈 필하모니 오케스트라 콘서트

8월 10일, CGV에서 잘츠부르크 페스티벌 생중계를 봤던 그날이 떠올랐다.

"13일 후에는 저 무대에 우리가 서 있을 거야."

그때 친구에게 했던 말이 현실이 되었다. 지금, 대축제극장 앞에 서 있는 내 모습이 믿기지 않았다.

그로스 페스트슈필하우스

1920년에 시작된 잘츠부르크 페스티벌은 유럽 최고의 음악 축제다. 1922년부터 빈 필하모닉이 상주 오케스트라로 함께해 온 이곳은, 자타가 공인하는 클래식의 진수다.

티켓값도 그만큼 비쌌다. 오페라는 최고 60만 원, 콘서트도 만만치 않았다. 하지만 돈보다 더 구하기 어려운 건 티켓 자체였다. 인기 공연은 6개월 전에 이미 매진이었다.

우리는 이번 여행을 위해 일 년 내내 준비했고, 드레스와 정장도 새로 장만했다.

입구에서 티켓과 여권을 확인하고 극장 안으로 들어섰다. 화려하진 않지만 전통의 품격이 느껴지는 고전적 건축물이 눈에 들어왔다.

극장 밖에는 고급 리무진을 타고 도착하는 VIP들이 보였고, 안에는 턱시도와 이브닝드레스로 한껏 차려입은 관객들로 가득했다.

마치 일 년을 기다려 최고의 파티장에 온 것 같은 분위기였다.

세계 최고의 음악 축제에서 빈 필하모닉과 84세 거장 리카르도 무티를 눈앞에서 마주한다는 사실만으로도 가슴이 뛰었다.

자리에 앉아 프로그램을 펼쳤다. 낮 11시 공연이었다.

[프로그램]

슈베르트: 교향곡 제4번 '비극적' (Symphony No. 4 in C minor D.417)

브루크너: 미사 3번 F단조 (Mass No.3 in F minor, WAB 28)

조명이 어두워지고, 객석이 조용해졌다.

리카르도 무티가 무대에 올랐다. 84세라는 나이가 믿기지 않을 만큼 꼿꼿한 자세였다. 그가 지휘봉을 들어 올리자, 세상이 멈춘 듯했다.

슈베르트 교향곡 4번 '비극적'

첫 음이 울려 퍼지는 순간, 온몸에 전율이 일었다.

교향곡 4번은 슈베르트가 19세에 작곡한 곡이다. 제목처럼 비장미와 드라마틱한 긴장감이 처음부터 끝까지 이어졌다. 음 하나하나가 날카롭게 부딪히며 깊은 서사를 그려냈다.

무티의 손끝에서 흘러나오는 소리는 절제되어 있으면서도 웅장했다. 빈 필하모닉의 현악이 만들어내는 깊고 풍부한 음색은 심장을 직접 울렸다.

공연 내내 객석은 숨죽인 듯 고요했다. 기침 한 번 들리지 않았다.

30분이 순식간에 지나갔다. 마지막 음이 사라지고 잠시 정적이 흘렀다. 그리고 객석에서 터져 나온 박수 소리가 홀을 가득 메웠다.

짧은 인터미션

잠시 휴식 시간. 인터미션은 짧았다.

그런데 신기한 일이 벌어졌다. 1막 동안 그토록 조용하던 사람들이, 지금 여기저기서 기침을 했다. 참았던 기침을 이제야 하는 것 같았다.

'아. 숨도 제대로 못 쉬고 있었구나.'

나도 모르게 긴장했던 어깨를 풀었다.

브루크너 미사 3번

다시 극장 안으로 들어갔다. 무대에 80명의 합창단이 올라왔다. 성악 솔리스트들도 함께였다.

브루크너의 미사곡 3번은 경건함을 넘어 절대적인 존재 앞에 무를 끓는 듯한 장중함이 있었다.

합창단의 목소리가 오케스트라와 어우러질 때, 나는 숨이 막힐 것 같았다. 소프라노의 높고 맑은 음색, 베이스의 낮고 깊은 울림, 그 사이를 채우는 현악과 관악의 조화.

이건 단순히 음악을 듣는 게 아니었다. 음악 속에 빠져드는, 아니 음악이 나를 완전히 감싸는 경험이었다.

곡이 끝나고, 우리는 기립박수를 보냈다. 손이 아플 정도로 박수를 쳤다.

극장을 나서면서, 친구가 말했다.

"이게 진짜 빈 필이구나."

"영상으로 봤을 때와 직접 보는게 감동이 완전 다르네."

전세계 클래식 애호가들의 성지,
잘츠부르크 대축제극장

빈 필하모닉과 리카르트 무티

잘츠부르크 시내, 음악이 흐르는 거리

잘츠부르크는 두 번째 방문이었다. 하지만 이번엔 달랐다. 페스티벌 기간이라 도시 전체가 음악과 낭만으로 가득 차 있었다.

'소금 성'이란 뜻의 잘츠부르크는 오스트리아에서 네 번째로 큰 도시다. 모차르트와 카라얀의 고향이자, 영화 〈사운드 오브 뮤직〉의 촬영지로도 유명하다. 유네스코 세계문화유산으로 지정된 거리와 광장은 살아 있는 무대 같았다.

3일 동안 우리는 골목 구석구석을 돌아다녔다.

미라벨 정원에서 시작해 레지덴스 궁전, 카피텔 광장, 자흐호텔, 카라얀의 집, 게트라이데 거리, 모차르트 생가까지. 잘 아는 장소들도 다시 한 번 차분히 눈에 담았다.

대성당 앞 광장에는 축제 무대가 설치되어 있었고, 배우들의 연극이 펼쳐지고 있었다. 거리에는 마차와 자동차, 사람들의 발걸음이 끊임없이 오가며 활기를 더했다.

<사운드 오브 뮤직>의 촬영지

잘츠부르크 미라벨 정원

호엔잘츠부르크성

푸니쿨라를 타고 호엔잘츠부르크성에 올랐다.

아래서 올려다볼 때는 그저 언덕 위의 성일 뿐이었는데, 직접 올라가니 웅장함에 압도되었다.

1077년 게브하르트 대주교에 의해 지어진 이 성은, 이후 여러 차례 확장되어 지금의 모습을 갖추었다. 방어와 소금 저장이라는 목적으로 견고하게 세워진 이곳은, 3중 성벽 안에 주거지와 성당, 우물까지 갖춰져 작은 도시를 이루고 있었다.

성벽 위에 서서 내려다본 잘츠부르크 시내는 아름다웠다. 붉은 지붕의 도시와 멀리 이어진 알프스 능선이 한 폭의 풍경화처럼 펼쳐졌다. 어느 쪽으로 셔터를 눌러도 작품이었다.

성 근처 맛집 슈티글 켈러에서 저녁을 먹었다. 음식 맛은 그저 그랬지만, 전망이 좋아서 만족스러웠다.

호엔잘츠부르크성 입구와 성 내 마을

음악과 역사, 그리고 사람들의 삶이 켜켜이 쌓인 잘츠부르크. 이 제야 이 도시의 진짜 모습을 본 것 같았다.

오페라 《맥베스》

잘츠부르크 페스티벌에서 만난 《맥베스》는 압도적이었다.

다시 대축제극장으로 향했다. 사흘 전 빈 필하모닉 콘서트를 봤 던 그곳이었다. 이번엔 저녁 공연, 오페라다.

사실 조금 걱정이 됐다. 베로나에서 《카르멘》을 볼 때 자막 때문 에 고생했던 기억이 떠올랐기 때문이다. 하지만 이번엔 달랐다. 잘 츠부르크 대축제극장은 자막이 잘 보였고, 무엇보다 연출이 현대 적이어서 이해하기 쉬웠다.

베르디의 《맥베스》

이번 공연은 맥베스 부부의 뒤틀린 권력욕과 불임의 고통이 결국 스스로를 파멸로 이끄는 과정을 현대적으로 재해석한 무대였다. 원작의 플롯을 따르면서도, 연출이 신선해서 몰입도가 높았다.

아스믹 그리고리안의 레이디 맥베스는 1막 첫 아리아부터 열화 같은 환호를 받았다. 그녀는 완전 인기스타였다. 무대 위에서 그녀 가 노래할 때마다, 객석은 숨을 죽였다.

라디슬라프 슬림스키의 맥베스는 두려움과 미신에 얽매여 자신 의 야망에 짓눌린 모습을 섬세하게 표현했다. 아이들의 연기 또한

대단했다.

빈 국립오페라 합창단과 빈 필하모닉 오케스트라의 음악이 작품의 완성도를 한층 끌어올렸다.

인터미션, 와인 한잔의 여유

막과 막 사이, 인터미션 시간. 모두 홀 밖으로 나왔다.

곳곳에서 화이트 와인을 잔으로 팔고 있었다. 관객들은 와인을 사서 마시고, 잔은 테이블에 두고 다시 극장 안으로 들어갔다. 직원들이 나중에 정리하는 시스템이었다.

우리도 화이트 와인 한 잔씩을 마셨다. 극장 로비에서, 드레스 입은 사람들 사이에서, 와인을 마시며 음악 이야기를 나누는 이 순간이 낯설면서도 좋았다.

이런 것도 잘츠부르크 페스티벌의 문화구나, 싶었다.

인터미션-드레스 입은 관객들 사이에서 와인 한 잔

세 번째 오페라, 점점 더 보이는 것들

이번 음악 여행에서 세 번째 오페라 관람이었다.

처음 베로나에서 《카르멘》을 봤을 때는 자막도 잘 안 보이고, 줄거리도 헷갈려서 솔직히 좀 힘들었다. 하지만 마지막 30분은 감동적이었다.

브레겐츠에서 《마탄의 사수》를 봤을 때는 완전히 새로운 연출에 놀랐다. 악마 자미엘의 손아귀에 놀아나는 인간의 모습이 생생했다.

그리고 오늘, 《맥베스》. 불임과 권력욕으로 스스로를 파멸로 몰아가는 부부의 비극.

나는 이제 오페라를 보는 법을 조금씩 알아가고 있었다.

첫 번째 오페라에서는 줄거리를 따라가기에 급급했다. 아는 아리아가 나올 때만 반짝 정신을 차렸다.

두 번째에서는 연출의 재미를 알았다. 전통적인 방식이 아니어도, 아니 오히려 새로운 해석이 더 흥미로울 수 있다는 걸 배웠다.

무대에 집중하는 관객들과, <맥베트> 커튼콜

세 번째인 지금, 나는 음악과 드라마가 어떻게 하나로 어우러지는지 느낄 수 있었다. 가수의 목소리, 오케스트라의 반주, 무대 위 배우들의 연기, 그리고 자막까지. 이 모든 것이 하나의 이야기를 만들어내고 있었다.

'아, 오페라가 이런 거구나.'

공연이 끝나고, 우리는 기립박수를 보냈다.

"우와, 진짜 대박이다."

"오페라, 이제 좀 알 것 같아."

"다음에는 뭘 볼까?"

극장을 나서면서, 우리는 이미 다음 오페라를 기대하고 있었다.

잘츠부르크 페스티벌. 세계 최고의 무대. 그 감동을 온몸으로 느낀 며칠이었다.

잘츠부르크 페스티벌 티켓 예매

잘츠부르크 페스티벌 Salzburger Festspiele

1920년 시작된 유럽 최고의 클래식 축제. 매년 7월 중순~8월 말, 약 6주간 열린다. 빈 필하모닉이 1922년부터 상주 오케스트라로 함께해온 세계 최정상급 무대다.

티켓 가격 (2025년 기준)

오페라: 35€ ~ 485€ (약 5만원 ~ 70만원)

빈 필하모닉 콘서트: 20€ ~ 260€ (약 3만원 ~ 38만원)

예매 방법

12월: 다음 해 프로그램 공개, 구독권 및 주문 접수 시작

1월 21일: 주문 마감 (추첨 방식 배정)

1월 20일 이후: 잔여 티켓 개별 판매 시작

인기 공연은 6개월 전 매진되니 서두를 것

예매 순서

공식 사이트 접속 → Tickets → Summer (해당 시즌) 클릭

캘린더에서 날짜별 공연 목록 확인

원하는 공연 선택 → 좌석 카테고리 선택 → 결제

티켓은 이메일로 발송되거나 현장 수령

📍 대축제극장: Hofstallgasse 1, 5020 Salzburg

🌐 https://www.salzburgerfestspiele.at (공식 예매 사이트)

📞 티켓 핫라인: +43 662 8045 500

아라벨라 야그도프 리조트 암 푸슐제
Arabella Jagdhof Resort am Fuschlsee

잘츠부르크 시내에서 차로 20분, 푸슐제 호수 옆에 자리한 리조트. 솔직히 시내 숙소보다 훨씬 좋았다. 알프스 산 속에 들어와 있는 느낌. 창문을 열면 초록빛 산과 맑은 호수가 눈앞에 펼쳐지고, 아침마다 호숫가를 산책할 수 있다. 페스티벌 기간 시내 숙소는 예약도 어렵고 가격도 치솟는데, 이곳은 오히려 더 쾌적하고 아름답다. 공연 후 돌아와 고요한 자연 속에서 쉴 수 있는 것도 큰 장점. 강력 추천!

https://maps.app.goo.gl/YkQLZ1ZKUYryxuBp7

호엔잘츠부르크성 Festung Hohensalzburg

잘츠부르크에 왔다면 꼭 올라가야 할 곳. 밑에서 올려다보는 것과 직접 올라가서 보는 것은 완전히 다르다. 1077년에 짓기 시작해 중부 유럽에서 가장 큰 완전 보존 성으로, 한 번도 함락된 적이 없다. 성벽 위에서 내려다보는 잘츠부르크 시내와 알프스 능선의 360도 파노라마는 잊을 수 없는 풍경.

페스퉁스반 (푸니쿨라)

1892년부터 운행 중인 오스트리아에서 가장 오래된 푸니쿨라. 54초 만에 정상까지 올라간다. 10분 간격 운행. 걸어서 올라가면 20~30분 걸리지만, 푸니쿨라 타는 재미도 쏠쏠하다.

티켓 가격 (2025년 기준)

베이직 티켓 (푸니쿨라 왕복 + 박물관): 성인 15.50€
올인클루시브 티켓 (푸니쿨라 + 전 박물관 + 오디오가이드): 성인 18€
잘츠부르크 카드 소지 시 무료

📍 Mönchsberg 34, 5020 Salzburg
🌐 https://www.festung-hohensalzburg.at

슈티글 켈러 Stiegl-Keller
- 호엔잘츠부르크성 근처 맛집

호엔잘츠부르크성으로 올라가는 길목, 페스퉁스가세에 자리한 비어가든 레스토랑. 테라스에서 잘츠부르크 구시가지가 한눈에 내려다보인다. 잘츠부르크 대표 양조장 슈티글의 맥주와 슈니첼, 잘츠부르거 노케를 등 오스트리아 전통 요리를 즐길 수 있다. 음식 맛보다 전망이 더 인상적인 곳.

📍 Festungsgasse 10, 5020 Salzburg
🌐 https://www.restaurant-stieglkeller.at
https://maps.app.goo.gl/5FkmHgUoh1pAWgQz7

할슈타트와 상트볼프강

네 가지 미션을 끝내고, 드디어 여유롭게 즐기는 시간이 왔다.

잘츠카머구트. 알프스에 둘러싸인 이 지역에는 빙하가 만든 80여 개의 호수가 반짝인다. 오스트리아 사람들이 '지상낙원'이라 부르는 곳. 그중에서도 가장 아름다운 두 곳을 찾아 나섰다.

할슈타트, 꿈꾸던 마을

'잘츠카머구트의 진주'라 불리는 할슈타트.

주차장에서 내려 호숫가로 걸어가는데, 발걸음이 저절로 느려졌다. 눈앞에 펼쳐진 풍경에 숨이 멎는 것 같았다.

맑은 호수. 그 위에 비친 마을.

산자락을 따라 다닥다닥 붙은 집들, 하늘을 찌르는 종탑, 알록달록한 지붕들. 그 모든 게 수면 위에 고스란히 반영되어 두 개의 마

할슈타트-호수 위에 비친 동화 같은 마을

을이 포개진 듯했다.

"우와~"

친구들도 말을 잃었다. 한동안 그 자리에 서서 그냥 바라보았다.

영화 〈겨울왕국〉 속 아렌델의 배경이 된 곳이라더니, 정말 동화 속 한 장면이 눈앞에 펼쳐진 것 같다. 카메라를 꺼내 드는 것조차 아까울 만큼.

하지만 결국 사진을 찍기 시작했다. 안 찍을 수가 없었다.

산책로를 따라 천천히 걸었다. 호수를 왼쪽에 두고, 다닥다닥 붙은 집들 사이 좁은 골목을 지나고, 작은 광장을 건너고. 발길 닿는 곳마다 사진 포인트였다. 어딜 찍어도 그림이 됐다.

"여기서 찍어!" "잠깐, 저기 배경으로!" "한 번 더!"

친구들과 번갈아 가며 인증샷을 찍느라 시간 가는 줄 몰랐다. 이 풍경 앞에서 안 신나면 그게 이상한 거지.

광장에 도착하니 귀여운 기념품 가게들이 줄지어 있었다.

알록달록한 엽서, 손으로 깎은 나무 인형, 호수가 그려진 자석, 그리고 할슈타트의 역사가 담긴 소금. 'Hall'이 소금이라는 뜻이라더니, 이 마을 이름 자체가 '소금 마을'인 셈이다. 기원전 2000년부터 소금 광산이 있었던 곳. 그래서인지 소금 관련 기념품이 유독 많았다.

엽서 몇 장, 소금 한 통, 예쁜 마그넷 하나…

하나 둘 챙기다 보니 가방이 금세 묵직해졌다. 그래도 기분 좋은 무게다.

작은 골목마다 예쁜 가게와 카페가 숨어 있어 구경하는 재미도 쏠쏠했다. 건물 사이로 보이는 호수, 창문마다 걸린 꽃 화분, 좁은 계단을 오르면 나오는 또 다른 골목. 어디를 봐도 예쁘다는 말밖에 안 나왔다.

푸른 호수, 아담한 마을, 그리고 웅장한 다흐슈타인 산.

모든 게 완벽하게 어우러진 풍경 속에서 그저 천천히 걷고, 사진 찍고, 마음껏 웃었다.

이래서 사람들이 할슈타트를 '꿈꾸던 마을'이라 부르는구나.

 6장 할슈타트와 상트볼프강

상트볼프강, 나는 여기가 더 좋았다

볼프강 호수와 샤프베르크산 사이의 상트볼프강

할슈타트가 화려한 동화라면, 상트볼프강은 깊은 여운이 남는 곳이다.

볼프강 호수. 알프스 빙하가 녹아 만든, 해발 538m의 푸른 호수다. 산맥이 병풍처럼 둘러 있고, 햇살이 물 위에서 부서진다. 호수 북쪽 샤프베르크산 아래, 작은 마을 상트볼프강이 자리했다.

10세기 성인 볼프강의 이름을 딴 순례 마을. 중세시대에는 로마, 아헨, 아인지델른과 함께 유럽 4대 순례지로 꼽혔다고 한다. 지금도 순례자들이 찾아온다는데, 이 아름다운 풍경을 보면 그 마음을 알 것 같다.

마을에 들어서니 할슈타트와는 또 다른 매력이 느껴졌다. 솔직히 나는 여기가 더 예뻤다. 현지인들도 더 많은 것 같았고, 관광지라기보다는 오래된 시장마을 같은 느낌. 골목마다 카페와 상점이 늘어서 있는데, 그 분위기가 참 좋았다.

성 볼프강 교회

골목 끝에 교회가 보였다.

단아하고 정갈한 외관이었다. 깊은 품격이 느껴지는 돌담과 지붕. 그런데 안으로 들어서는 순간, 숨이 멎을 뻔했다.

높고 넓은 내부. 그리고 그 중앙에 서 있는 황금빛 제단.

12m 높이의 거대한 목각 제단이 빛을 받아 은은하게 빛나고 있었다. 15세기 예술가 미하엘 파허가 10년에 걸쳐 완성했다는 작품. 조각과 건축, 회화가 하나로 결합된 이 제단은 유럽 전체에서 가장 인상적인 고딕 제단 중 하나라고 한다. 정교하게 조각된 성모 마리아 대관식 장면, 예수의 생애를 묘사한 섬세한 패널들, 금박 입힌 날개형 문.

창문으로 빛이 스며들 때마다 금빛이 은은하게 퍼져 나갔다.

한참을 올려다보았다.

문득 프라하에서 봤던 '눈의 성모 마리아 성당'이 떠올랐다. 그때도 이랬다. 단아한 외관, 깊은 품격. 그리고 안으로 들어서는 순간 숨이 멎는 경험. 둘 다 중세 순례 교회였고, 둘 다 황금빛 제단이 압도적이었다. 아름다운 것 앞에서 할 수 있는 건 그저 고요히 바라보는 것뿐이다.

성 볼프강 교회의 장엄한 황금빛 제단

허브츠스켈러, 골목 속 점심

교회를 나와 골목을 걸었다.

아기자기한 상점들 사이로 작은 식당이 보였다. 허브츠스켈러. 안으로 들어가니 소박하면서도 아늑한 분위기다. 나무 테이블, 창문 너머로 보이는 마을 풍경.

따끈한 스프를 주문했다. 한 숟가락 떠보니 깊고 진한 맛이 입안에 퍼졌다. 파스타도 시켰는데, 잘 익혀지고 간이 딱 맞아 입맛에 착 달라붙었다.

오스트리아 음식이 대체로 짜거나 밋밋하다고 느꼈는데, 이 집은 달랐다. 친구들도 만족스러운 표정이다.

"여기 맛있다!" "그러니까. 의외네."

여유로운 분위기 속에서 맛있는 한 끼. 여행의 소확행이다.

인터미션-드레스 입은 관객들 사이에서 와인 한 잔

유람선, 물 위의 시간

마지각은 호수 위에서의 시간.

상트볼프강 선착장에서 유람선에 올랐다. 상트길겐까지 가는 배. 1873년부터 운행되었다는 유람선 회사다. 150년의 역사라니.

배가 출발하자 마을이 천천히 멀어졌다.

1층 카페에 자리를 잡고 커피를 주문했다. 창밖으로 펼쳐지는 풍경을 바라보며 잔을 들었다.

잔잔한 물결. 에메랄드빛으로 반짝이는 호수. 양쪽으로 늘어선 초록 산. 물 위에 비치는 흰 구름. 호숫가를 따라 옹기종기 모인 집들. 집집마다 걸린 오스트리아 깃발이 바람에 펄럭인다.

그냥 앉아서 바라보기만 했다.

말이 필요 없었다. 친구들도 조용히 창밖을 보고 있었다.

이 순간을 영상으로 담고 싶어서 폰을 들었다. 물결 소리, 엔진 소리, 바람 소리. 창 너머로 천천히 지나가는 풍경. 사진으로는 담기지 않는 것들이 있다. 움직임. 빛의 변화. 공기의 느낌.

영상을 여러 개 찍었다. 나중에 보면 그때의 기분이 다시 떠오를까.

배가 상트길겐에 도착할 때까지, 창밖 풍경은 마치 한 폭의 풍경화처럼 계속 이어졌다. 아니, 풍경화보다 더 아름다웠다. 그림은 움직이지 않으니까.

할슈타트의 꿈결 같은 풍경.

상트볼프강의 고요한 호숫가.

유람선 위에서 바라본 에메랄드빛 물결.

사진보다 더 아름다운 풍경이 눈앞에 펼쳐진 하루였다. 영상으로도 다 담지 못한, 그래서 더 오래 기억에 남을 하루.

에메랄드빛 물결과 만년설을 머금은 산맥, 상트볼크강이 선사한 완벽한 힐링의 순간

TIP 잘츠카머구트 가이드

할슈타트 주차장 Hallstatt Parking

마을 중심은 차량 진입 금지! P1(연중), P2(여름)에 주차 후 도보 이동. 예약 불가, 선착순이라 성수기엔 오전 일찍 도착 권장. P1에서 마을 중심까지 도보 15-20분.
15분 무료 / 1시간 €5 / 2시간 €9 / 3-4시간 €10 / 하루 €18
현금, 카드, 비접촉 결제 가능

🌐 https://www.hallstatt.net/parking-in-hallstatt/

성 볼프강 교회 Pfarrkirche St. Wolfgang

10세기 성인 볼프강이 세운 교회. 중세 시대 유럽 4대 순례지 중 하나였다. 미하엘 파허가 10년에 걸쳐 완성한 제단화(1471-1481)는 유럽에서 가장 인상적인 고딕 제단 중 하나로, 조각·건축·회화가 결합된 걸작이 원래 위치에 그대로 보존된 매우 희귀한 경우다. 부활절에는 날개형 패널이 열려 내부의 정교한 조각을 볼 수 있다. 마을 중심 골목 끝에 위치
입장 무료 / 내부 사진 촬영 가능

🌐 https://www.stwolfgang.at

볼프강제 유람선 WolfgangseeSchifffahrt

1873년부터 운영된 역사 깊은 유람선. 상트볼프강, 상트길겐, 스트로블 3개 마을을 연결한다.

선착장에서 현장 구매 가능 (현금만 가능).

상트볼프강 → 상트길겐 약 40-50분 소요.

편도: 약 €11 / 왕복: 약 €16 (성인 기준)

1층 카페에서 커피 마시며 호수 풍경 감상 추천!

🌐 https://www.5schaetze.at/en/wolfgangseesch
iffahrt

천년 수도원과 와인계곡

잘츠부르크에서 빈으로 향하는 길.

317km의 여정은 그냥 달리기엔 아까웠다. 중간에 멜크 수도원에 들르고, 다뉴브강을 따라 바하우 계곡을 지나기로 했다.

멜크 수도원, 천년의 시간

다뉴브강이 훤히 내려다보이는 언덕 위.

파스텔톤의 노란 외벽과 주황색 지붕이 하늘을 배경으로 우뚝 솟아 있었다. 멜크 수도원. 베네딕트 수도회가 1089년부터 천년 넘게 지켜온 곳이다.

지금의 모습은 18세기 초, 건축가 야콥 프란트타우어가 바로크 양식으로 새로 지은 것이다. 1702년에 시작해 1736년에 완성. 34년에 걸친 대역사였다.

멜크 사원 옥상에서 내려다본 다뉴브강

파스텔톤의 바로크 건물, 멜크 수도원

수도원 입구를 지나 안으로 들어섰다.

먼저 만난 것은 11개의 전시실로 이루어진 황실박물관이었다. '황제의 방'이라 불리는 곳들. 바벤베르크 왕가와 합스부르크 왕가의 초상화들이 200m가 넘는 복도를 따라 줄지어 있었다. 수많은 유품과 보물들. 수도원의 긴 역사가 고스란히 담겨 있다.

사진 촬영이 금지되어 눈으로만 담아야 했다. 처음엔 아쉬웠는데, 오히려 더 집중할 수 있었다. 카메라 없이 그냥 바라보는 것. 때로는 그게 더 깊이 남는다.

전시실을 지나 도서관에 들어섰다.

"와…"

천장까지 벽 전체를 가득 채운 책장. 가지런히 꽂혀 있는 오래된 책들. 10만 권의 장서와 9세기에서 18세기에 이르는 필사본 1,800여 점이 이곳에 보관되어 있다.

이 도서관이 바로 움베르트 에코의 소설 〈장미의 이름〉의 모티브가 된 곳이다. 14세기 수도원의 살인 사건을 다룬 그 소설. 숀 코네리가 주연한 영화로도 유명하다. 책장 사이를 거닐며 영화 속 장면들이 떠올랐다. 수도사 윌리엄이 미로 같은 도서관을 헤매던 모습. 물론 소설 속 수도원은 이탈리아에 있지만, 에코는 이곳 멜크를 방문한 후 아이디어를 얻었다고 한다.

천년의 지식이 켜켜이 쌓인 공간. 묵묵히 세월을 버텨온 책들 앞에서 한참을 서 있었다.

도서관에 연결된 나선형 계단을 내려가니 성당이 나왔다. 황금빛. 그 한마디로 설명이 된다. 화려한 천장화, 대리석 기둥, 금빛 장식. 바로크 양식의 극치였다. 오스트리아에서 가장 아름다운 성당 중 하나라는 말이 과장이 아니었다.

높은 천장을 올려보았다. 프레스코화가 마치 하늘이 열린 것처럼 펼쳐져 있었다. 수도원인데 이렇게 화려해도 되나 싶을 정도였다. 하지만 이 화려함 속에도 경건함이 있었다. 아름다움을 통해 신에게 다가가려는 마음. 바로크 시대 사람들은 그렇게 믿었던 것 같다.

성당을 나와 정원으로 향했다. 울창한 숲길, 시원한 그늘, 여기저기 놓인 벤치. 잔디밭에서는 스프링클러가 물을 뿌리고 있었다. 벤치에 앉아 멍하니 바라보았다. 수도원 테라스에서 내려다보이는 다뉴브강과 멜크 시가지. 탁 트인 풍경이 마음까지 시원하게 해주었다.

멜크 수도원 내 여유롭고 아름다운 정원

관람을 마치고 수도원이 보이는 레스토랑 Wachaura에 들렀다. 창밖에 걸린 수도원 풍경을 바라보며 식사했다. 그 풍경이 음식의 맛을 더했다.

바하우 계곡, 은으로 빛나는 띠

멜크에서 뒤른슈타인으로 향하는 길.

유럽 대륙을 가로지르는 2,826km의 다뉴브강. 그중에서도 가장 아름다운 구간이 바로 이곳, 바하우 계곡이다. 멜크에서 크렘스까지 이어지는 36km. '은으로 빛나는 띠'라 불리는 이 구간은 2000년 유네스코 세계문화유산으로 지정되었다.

오른편에 다뉴브강을 두고 달렸다.

다뉴브강 중 가장 아름다운 구간, 바하우계곡, 유람선이 떠다니고

　　7장　천년 수도원과 와인계곡

차창 밖으로 유람선이 천천히 미끄러지고, 강 위에 부서지는 햇살이 눈부신 윤슬로 반짝였다. 굽이쳐 흐르는 강, 계단식 포도밭, 언덕 위에 남아 있는 수도원과 고성들. 마치 중세 시대로 돌아간 듯한 풍경이었다.

창문을 열었다. 바람이 들어왔다.

아, 이래서 사람들이 이 길을 찾는구나.

뒤른슈타인, 사자왕의 유배지

포도밭 사이에 자리한 작은 마을, 뒤른슈타인.

마을 뒤 산 위로 황폐한 고성의 흔적이 보였다. 12세기에 지어진 뒤른슈타인 성. 지금은 폐허만 남았지만, 이 성에는 특별한 역사가 있다.

영국의 '사자왕' 리처드 1세가 유배되었던 곳.

12세기 제3차 십자군 원정 당시, 리처드는 오스트리아 레오폴트 5세의 깃발을 찢어 그의 명예를 손상시켰다. 그 앙갚음으로 귀국길에 붙잡혀 이곳에 갇혔다고 한다. 결국 막대한 몸값을 치르고 풀려났지만.

그런 역사를 품은 성이 이제는 폐허가 되어 푸른 숲 위에 조용히 서 있다. 세월 앞에서는 왕도, 영웅도 다 지나가는 것인가.

성 아래 마을은 그림책 속 한 장면 같았다. 아기자기한 상점과 카페들. 좁은 골목, 알록달록한 건물들. 언덕 위로 조금만 오르면 다

꼭대기의 성-영국의 사자왕 리처드 1세가 유배되었던 성

뉴브강과 계곡이 시원하게 내려다보였다.

관광지 치고는 조용했다. 사람들이 북적이지 않아서 더 좋았다. 천천히 걸으며 마을 구석구석을 구경했다.

기념품 가게에서 눈에 띄는 것들이 있었다. 클림트 디자인이 들어간 양우산, 에코백, 스카프. 황금빛 '키스'가 그려진 소품들이 예뻤다.

바하우 계곡 와서 클림트 기념품이라니. 빈에서 살 걸 여기서 사 버렸다. 그래도 기분이 좋았다. 여행의 묘미가 이런 거 아닌가.

다뉴브강을 따라 달린 하루.

멜크 수도원에서 만난 천년의 역사와 10만 권의 책. 바하우 계곡의 포도밭과 윤슬. 뒤른슈타인의 폐허가 된 고성과 그림책 같은 마을.

바하우 계곡의 포도밭과 다뉴브강 윤슬

잘츠부르크에서 빈으로 가는 길이 이렇게 아름다울 줄 몰랐다.
그냥 달리기만 했으면 놓칠 뻔한 풍경들이었다.

TIP 바하우 계곡 가이드

멜크 수도원 Stift Melk

하절기(4-10월) 09:00-17:30 자유 관람. 동절기 (11-3월)는 가이드 투어만 운영. 성인 입장료 약 €15. 도서관과 성당 내부는 사진 촬영 금지. 관람 소요 시간 약 1시간 30분~2시간. 정원까지 여유 있게 둘러 보려면 2시간 반 권장. 테라스에서 다뉴브강 조망 놓치지 말 것!

📍 Abt-Berthold-Dietmayr-Straße 1, 3390 Melk
🌐 https://www.stiftmelk.at/

빈, 음악의 도시

드디어 우리의 마지막 목적지, 빈에 도착했다.

음악의 도시. 합스부르크 제국의 심장. 세기말 예술의 꽃이 피어난 곳. 빈은 수많은 수식어를 가진 도시다. 우리는 이틀 동안 이 도시의 깊은 속살을 들여다보기로 했다. 음악가들이 잠든 중앙묘지에서 시작해, 클림트와 에곤 실레를 만날 벨베데레 궁전, 합스부르크의 보물이 가득한 미술사 박물관, 그리고 모차르트의 결혼식과 장례식이 열렸던 슈테판 대성당까지. 빈이 품고 있는 예술과 역사의 켜를 한 겹씩 벗겨볼 참이었다.

벨베데레와 빈 미술사 박물관은 전문성을 더하기 위해 한국인 도슨트를 모셨다. 혼자 보면 그냥 지나칠 것들도, 설명을 들으면 비로소 보이는 것들이 있으니까.

음악가들이 잠든 곳, 빈 중앙묘지

빈 중앙국립묘지 젠트랄프리드호프. 입구를 지나 조금만 걸으면 32A 구역이 나온다. 세계적인 음악가들이 잠들어 있는 곳이다.

'음악의 도시'라는 수식어가 빈을 따라다니지만, 이곳에 서면 그 말이 비로소 실감난다. 음악을 사랑했던 이들이 마지막으로 모여든 곳. 들어서는 순간 묘한 울림이 전해졌다.

묘역 한가운데에는 모차르트 기념비가 서 있다. 그러나 이곳에 그의 유해는 없다. 1791년 빈에서 세상을 떠난 모차르트는 공동묘지에 묻혔고, 정확한 위치조차 알 수 없게 되었다. 가묘로만 기념되는 천재 음악가. 오히려 그 사실이 더 특별하게 다가왔다. 서른다섯 해의 짧은 생이었지만, 그가 남긴 음악은 수백 년이 지난 지금도 세상을 울리고 있으니.

모차르트 기념비를 둘러싸고 베토벤, 슈베르트, 브람스, 요한 슈트라우스 2세의 묘가 자리하고 있다. 그중에서도 베토벤과 슈베르트가 나란히 누워 있는 모습이 유독 눈길을 끌었다.

슈베르트는 생전에 베토벤을 깊이 존경했다. 같은 빈에 살면서도 감히 다가가지 못하다가, 베토벤이 세상을 떠나기 직전에야 겨우 한 번 만났다고 한다. 그리고 슈베르트는 유언을 남겼다. "베토벤 옆에 묻어 달라"고. 불과 1년 뒤, 서른한 살의 나이로 세상을 떠난 슈베르트는 결국 그 소원대로 베토벤 곁에 잠들게 되었다.

빈 중앙묘지-모차르트 뒤, 베토벤과 슈베르트가 나란히 잠든 곳

두 거장의 묘가 나란히 있는 모습 앞에서 한참을 서 있었다. 살아서는 감히 다가가지 못했던 존경, 죽어서야 이루어진 가까움. 음악으로 연결된 두 영혼이 이제는 영원히 함께하고 있다는 사실이 가슴을 울렸다.

묘역은 거창하기보다 차분한 분위기였다. 시민들은 산책하듯 들러 음악가들을 기억하고, 여행자들은 잠시 발걸음을 멈추어 음악의 흔적을 느꼈다. 꽃다발 하나 놓고 싶었지만 짧은 일정 탓에 그러지 못해 아쉬웠다. 대신 마음속으로 조용히 헌사를 올렸다. 당신들의 음악 덕분에 우리의 삶이 더 풍요로워졌다고.

시대의 거울, 벨베데레 궁전

빈에서 기대했던 곳 중 하나가 벨베데레 궁전 상궁이었다. 클림트와 에곤 실레를 만나러 간다는 생각에 설렘이 컸다.

원래는 오이겐 공의 여름 별장이었는데, 합스부르크가의 마리아 테레지아가 매입해 지금의 웅장한 바로크 궁전이 되었다. 벨베데레는 하궁, 21, 상궁으로 나뉘는데, 우리는 상궁만 집중해서 보기로 했다. 19세기 말과 20세기 초 빈을 가득 채운 예술적 열기가 그대로 재현된 곳이다.

아침 9시, 개관 시간에 맞춰 도착했다. 관람객이 많지 않아 작품 앞에 오래 서서 천천히 감상할 수 있었다. 도슨트의 설명을 들으며 한 작품 한 작품 눈에 담았다.

클림트의 <키스>를 감상하는 사람들

클림트의 〈키스〉는 두 번째 만남이었다. 황금빛 장식 속에 포옹하는 연인. 화려하고 관능적인 아름다움이 여전했다. 그러나 이번 방문에서 가장 인상 깊었던 건 클림트가 아니라 에곤 실레였다.

클림트가 빈 분리파를 대표하는 황금빛 장식과 우아함의 화가라면, 실레는 훨씬 거칠고 날카로운 붓질로 인간의 내면을 파고든 표현주의자다. 같은 시대를 살았지만 두 화가의 시선은 극명히 달랐다.

실레의 〈포옹〉, 〈죽음과 여인〉, 〈가족〉 앞에 섰다. 화면 속 인물들이 금방이라도 살아 움직일 듯 불안한 에너지가 전해졌다. 매끄럽고 우아한 클림트의 세계와 달리, 실레는 왜곡된 몸, 마른 선, 삐죽거리는 감정을 통해 인간의 고독과 욕망을 직시하게 한다.

에곤 실레의 <가족>-삶과 죽음이 담긴 마지막 그림

특히 〈가족〉이라는 작품 앞에서 오래 머물렀다. 실레가 스물여덟에 스페인 독감으로 세상을 떠나기 직전에 그린 그림이다. 아내와 태어나지 못한 아이를 함께 그린 이 작품에는 삶과 죽음, 사랑과 상실이 모두 담겨 있었다. 도슨트의 설명을 들으며 소름이 돋았다.

클림트는 관능과 장식미, 황금빛으로 빛나는 아름다움을. 실레는 내면의 어둠, 고통과 관계의 불안정성을 그렸다. 벨베데레는 화려함과 불안, 황홀함과 고독이 한 공간 안에서 교차하는 곳이었다. 오스트리아 예술의 두 얼굴을 마주보게 했다.

미술관을 나서며 생각했다. 벨베데레는 단순한 '미술관'이 아니라 '시대의 거울'에 더 가깝다고.

합스부르크의 보물창고, 빈 미술사 박물관

빈 미술사 박물관-마리아 테레지아 광장의 쌍둥이 건물

마리아 테레지아 동상이 서 있는 광장, 양쪽으로 똑같이 생긴 쌍둥이 건물이 마주보고 있다. 한쪽은 자연사박물관, 다른 한쪽은 빈 미술사 박물관. 우리가 향한 곳은 미술사 박물관이었다.

외관부터 궁전 같은 위엄에 압도당했다. 안으로 들어서니 대리석 기둥과 계단, 화려한 천장이 한눈에 들어왔다. 로비 위 천장에는 헝가리 화가 문카치의 〈르네상스 찬가〉가 장엄하게 펼쳐져 있었다. 이제 르네상스 시대의 그림을 보러 가는구나, 절로 마음이 경건해졌다.

사실 이 박물관은 오래전부터 꼭 오고 싶었던 곳이다. 2022년 말, 국립중앙박물관에서 열린 〈빈 미술사 박물관 특별전: 합스부르크 600년 매혹의 걸작들〉을 보고 큰 감동을 받았다. 그때부터 언젠가 이곳에 와야겠다고 다짐했는데 드디어 그 소원을 이룬 것이다.

박물관 로비-궁전 같은 대리석 계단과 천장화

브뤼헬의 <바벨탑>-인간의 욕망과 허무함

브뤼헬의 <아이들의 놀이>-400년전 아이들도 똑 같았다

도슨트와 2시간 반 동안 유럽 회화관만 집중해서 봤는데도 시간이 훌쩍 지나갔다. 그중 가장 인상 깊었던 건 브뤼헐의 작품들이다.

〈타벨탑〉 앞에서는 인간의 욕망과 허무함이 동시에 느껴졌다. 하늘에 닿으려는 거대한 탑, 그러나 결국 무너질 수밖에 없는 운명. 수백 년 전 화가가 그린 경고가 지금 우리에게도 유효하다는 생각이 들었다.

〈아이들의 놀이〉에서는 웃음이 났다. 16세기 아이들이 뛰노는 모습이 지금 아이들과 다르지 않았다. 술래잡기, 말타기 놀이, 물구나무서기… 그림이 아니라 과거를 엿보는 창문 같았다. 인간의 본성은 시대가 바뀌어도 변하지 않는구나.

루벤스의 화려한 붓질, 렘브란트의 깊은 빛, 페르메이르의 〈회화의 기술〉까지. 교과서에서만 보던 작품들을 눈앞에서 직접 보는 감동은 말로 다 할 수 없었다. 아쉽게도 폰 배터리가 나가 사진을 많이 남기지 못했지만, 덕분에 오히려 더 오래 눈으로 보고 마음에 담아둘 수 있었다.

빈의 심장, 슈테판 대성당

슈테판 대성당은 빈 도심 한가운데 하늘을 찌를 듯 솟아 있다. 12세기 초에 짓기 시작해 수백 년 동안 증축과 복원을 거듭한, 오스트리아의 대표적인 고딕 양식 성당이다. 첨탑이 너무 높아서 건물 전체를 한 컷에 담기가 어려울 정도였다.

성당 앞은 늘 사람들로 북적인다. 내부 입장은 무료인데, 줄을 서서 들어갈 만큼 인기가 많다. 안에 들어서면 단숨에 압도된다. 높이 뻗은 천장, 화려한 제단과 상징물들, 차가운 돌기둥이 주는 장엄함.

이곳은 모차르트의 결혼식과 장례식이 열렸던 장소이기도 하다. 스물여섯에 콘스탄체와 결혼식을 올렸고, 서른다섯에 장례미사를 치렀다. 어제 묘역에서 만난 모차르트의 흔적을 여기서 다시 만나니 감회가 새로웠다.

잠시 자리에 앉아 있었다. 아무 생각 없이 높은 천장을 올려다보고, 스테인드글라스를 통해 들어오는 빛을 바라봤다. 마음이 가라

모짜르트의 결혼식과 장례식이 열렸던 성 슈테판 대성당

앉고 차분히 정화되는 듯한 기분이 들었다. 여행 중 쌓인 피로가 스르르 녹아내리는 것 같았다.

성당 밖으로 나오면 분위기가 완전히 바뀐다. 광장은 발 디딜 틈이 없고, 거리는 활기로 가득하다. 마차가 지나가고 한쪽에선 버스킹이 열린다. 노천카페에 앉은 사람들과 눈빛을 주고받으며 그 활기찬 분위기에 휩쓸렸다.

경건함과 활기, 고요와 북적임. 슈테판 대성당과 그 주변은 빈이라는 도시의 양면을 동시에 보여주는 곳이었다.

빈에서의 마지막

숙소는 벨베데레 궁전 바로 옆, 안다즈 빈 암 벨베데레 호텔이었다. 시내에 있는 5성급 호텔답게 모던하고 세련된 객실, 푹신한 침대, 깔끔한 욕실까지 쾌적했다. 곳곳이 갤러리처럼 꾸며져 있어 둘러보는 재미도 있었다.

호텔에서 도보 5분 거리에 빈 중앙역이 있다. 단순한 기차역이 아니라 쇼핑과 카페까지 즐길 수 있는 복합 공간이다. 밤에 산책 삼아 들렀다가 뜻밖의 발견을 했다. 필론(PYLONES)이라는 프랑스 브랜드 매장에서 부채, 가방, 우산 등 아기자기한 소품들을 구경하다 여러 가지를 챙겨 나왔다. 빈 중앙역에서 프랑스 브랜드 기념품이라니, 이것도 여행의 묘미다.

마지막 날 점심은 클라인 스태이어마르크에서 먹었다. 숲속 정원 같은 분위기에서 오스트리아 전통 요리를 맛봤다. 소금구이 립과 감자샐러드, 치킨 요리를 주문했는데, 오스트리아에서 먹은 음식 중 단연 최고였다. 맛도 분위기도 완벽했다. 좋은 여행의 마무리는 역시 맛있는 한 끼라는 걸 다시 한번 느꼈다.

오스트리아에서 먹은 음식 중 단연 최고였던 한 끼

클라인 스테이어마르크 - 숲속 정원 같은 레스토랑

호텔의 편안함, 중앙역의 활기, 식당의 따뜻한 정취. 빈에서의 마지막 날은 그렇게 꽉 찼다.

음악가들이 잠든 묘역에서 시작해, 세기말 빈의 예술을 담은 벨베데레와 합스부르크의 보물창고를 거쳐, 모차르트의 흔적이 남은 슈테판 대성당까지. 빈은 '음악의 도시'라는 이름에 걸맞게 우리의 여정을 마무리해주었다.

이제 정말 집으로 돌아갈 시간이다.

빈 여행 가이드

빈 중앙묘지 Wiener Zentralfriedhof

1874년 조성된 유럽에서 두 번째로 큰 묘지로, 약 33만 기의 묘소가 있다. 매년 200만 명의 관광객이 찾는 '음악의 성지'다. 원래 빈 시민들의 관심 밖이었으나, 1881년 빈 시장 칼 뤼거가 '유명인사 이장법'을 제정하면서 1888년 베토벤과 슈베르트가 이곳으로 옮겨졌고, 이후 브람스, 요한 슈트라우스 2세 등 음악가들이 모여들었다.

음악가 묘역(32A 구역)은 2번 게이트(Zentralfriedhof 2.Tor)에서 들어가 100m 직진 후 왼쪽에 있다.

📍 Simmeringer Hauptstraße 230-244, 1110 Wien
　https://maps.app.goo.gl/U8sQSy1xRuE7LUGr6

벨베데레 궁전 상궁 Oberes Belvedere

세계 최대의 클림트 컬렉션을 보유한 미술관. 클림트의 <키스>, <유디트> 등 24점을 비롯해 에곤 실레, 오스카 코코슈카, 반 고흐의 작품까지 약 400점이 800년 미술사를 보여준다. 개관 시간인 오전 9시에 맞춰 가는 것을 추천한다. 조금만 늦으면 관람객이 몰려 줄에 떠밀려 다녀야 할 정도로 붐빈다. 상궁은 19~20세기 오스트리아 현대 미술, 하궁은 중세·바로크 미술품을 전시한다.

📍 Prinz Eugen-Straße 27, 1030 Wien
🌐 https://www.belvedere.at

빈 미술사 박물관 Kunsthistorisches Museum Wien

'합스부르크의 보물창고'라 불리는 이유가 있다. 13세기부터 600년간 유럽을 지배한 합스부르크 역대 황제들이 광대한 영토에서 수 세기에 걸쳐 수집한 예술품을 한데 모은 곳이다. 1891년 프란츠-요제프 1세가 개관했으며, 브뤼헬 컬렉션 12점은 세계 최대 규모다. 루벤스, 렘브란트, 베르메르, 티치아노, 벨라스케스, 라파엘, 뒤러 등 거장들의 작품이 총망라되어 있다. 유럽 회화관만 집중해서 봐도 2시간 이상 걸린다. 관람 중 피로가 쌓이면 '세계에서 가장 아름다운 카페'로 손꼽히는 **쿠폴라 카페**에서 비엔나 커피 한 잔의 여유를 즐겨보자. 대리석 돔 천장 아래서 마시는 커피 맛은 잊을 수 없다. 기념품샵에서는 박물관 옥상 벌집에서 생산된 **꿀**을 꼭 챙기자. 주변 폭스가르텐의 장미, 헬덴플라츠의 라일락, 링슈트라세의 보리수와 밤나무에서 꿀벌들이 만든 향기로운 꿀이다.

📍 Maria-Theresien-Platz, 1010 Wien

🌐 https://www.khm.at

클라인 스태이어마르크 Klein Steiermark

숲속 정원 같은 분위기에서 오스트리아 전통 요리를 맛볼 수 있는 레스토랑. 소금구이 립, 감자샐러드, 치킨 요리가 일품이다. 오스트리아에서 먹은 음식 중 단연 최고였다.

📍 Hauptstraße 48, 1040 Wien
https://maps.app.goo.gl/ZQZK3HCd1GX5K5nJ8

안다즈 빈 암 벨베데레 Andaz Vienna Am Belvedere

벨베데레 궁전 바로 옆에 위치한 5성급 호텔. 모던하고 세련된 객실, 갤러리 같은 인테리어가 인상적이다. 빈 중앙역까지 도보 5분 거리로 쇼핑과 이동이 편리하다.

📍 Arsenalstraße 10, 1100 Wien
https://maps.app.goo.gl/QfVutu8GJdomBMvD7

다시, 스크린 앞에서

8월 24일, 다시 CGV 앞에 섰다.

2주 전, 이 자리에서 잘츠부르크 페스티벌 생중계를 보며 "13일 후면 저 무대를 직접 직관할 거야"라고 설레었던 게 엊그제 같은데. 이번엔 며칠 전 다녀온 그 극장을 스크린으로 다시 마주한다.

에사페카 살로넨이 지휘하는 빈 필하모닉. 스트라빈스키의 〈오이디푸스 왕〉과 베를리오즈의 〈환상교향곡〉이 프로그램이었다. 화면에 그로스 페스트슈필하우스의 무대가 펼쳐지는 순간, 심장이 두근거렸다. 저 객석 어딘가에 우리가 앉아 있었구나. 저 무대 위에서 무티가 지휘봉을 들었고, 빈 필의 선율이 홀을 가득 채웠었지.

직접 갔다 온 공간을 스크린으로 다시 보는 건 묘한 감정이었다. 현장에서 느꼈던 공기의 떨림, 객석을 가득 메운 관객들의 숨소리, 커튼콜 때의 환호까지 생생하게 되살아났다. 화면 속 무대가 낯설지 않고 반가웠다. 마치 오랜 친구를 다시 만난 것처럼.

〈으이디푸스 왕〉은 오라토리오 형식이라 합창과 독창, 오케스트라가 어우러졌다. 80여 명 남성 합창단의 낮고 웅장한 울림에 압도되었다. 무엇보다 한국어 자막이 나와서 완전히 몰입할 수 있었다. 베로나에서 〈카르멘〉을 볼 때 자막을 못 알아들어 졸았던 기억이 떠올랐다. 역시 자막의 힘은 대단하다.

예습, 직관, 복습

8월 30일, 올 여름 씨네클래식의 마지막 상영작은 베로나 아레나 페스티벌의 〈나부코〉였다.

스테파노 포다의 연출은 파격적이었다. 무대에는 라틴어 'VANITAS(덧없음)'가 새겨진 신전, 둘로 쪼개진 원자 모형이 붉고 푸른 빛을 바꾸며 천천히 회전했다. 첨단 의상과 네온사인까지 더해져 고전 오페라가 아니라 미래 속 오페라를 보는 듯했다.

단 1초도 눈을 뗄 수 없었다. 함께 간 팝송반 언니오빠 10명 모두 "완전 만족!"이라고 했다. 2주 전 같은 아레나에서 〈카르멘〉을 봤을 때와는 전혀 다른 경험이었다. 그때는 낯설고 졸렸는데, 이번엔 새로운 연출의 즐거움에 환호할 수 있게 되었다.

CGV에서 화면을 찍은 〈나부코〉와 관객들 모습

돌아보면, 이번 여름의 음악 여행은 CGV에서 시작해서 CGV에서 끝났다.

8월 2일 오데온스 광장 콘서트로 워밍업을 하고, 8월 10일 잘츠부르크 페스티벌 생중계로 예습했다. 그리고 8월 13일부터 열흘간의 여정. 베로나, 브레겐츠, 잘츠부르크에서 세 편의 오페라와 한 편의 음악회를 직접 만났다. 돌아와서는 8월 24일과 30일, 다시 CGV에서 복습했다.

예습이 있어 현장의 감동이 배가 되었고, 직관이 있어 복습의 여운이 깊어졌다. 씨네클래식이 없었다면 이 여행은 절반의 감동에 그쳤을지도 모른다.

음악이 일상인 사람들

여행 내내 인상 깊었던 건 무대만이 아니었다. 관객들이었다.

베로나 아레나에서는 드레스와 정장 차림의 관객들이 2만 석을 가득 메웠다. 브레겐츠 호수 위 무대 앞에서는 객석 전체가 한 몸처럼 고요해졌다. 잘츠부르크 대축제극장에서는 턱시도와 이브닝 드레스로 한껏 차려입은 중장년층이 대부분이었다.

중학생 자녀의 손을 잡고 온 가족, 나란히 앉은 노부부. 음악이 삶 속에서 자연스럽게 자리 잡고 있다는 게 느껴졌다. 어릴 때부터 늙을 때까지 클래식 음악을 늘 곁에 두고 살아온 이들에게, 음악은 특별한 취미가 아니라 일상의 풍경이었다.

한편으로는 아쉬움도 있었다. 공연장 어디에서도 동양인의 얼굴을 찾기 어려웠다. 이렇게 좋은 축제인데, 왜 우리나라 사람들은 보이지 않을까. 언젠가 더 많은 사람들이 이 감동을 함께 누릴 수 있으면 좋겠다는 생각이 들었다.

다음에는 꼭

이번 여행은 대부분 두 번째 방문이었다. 베로나도, 잘츠부르크도, 빈도 전에 와본 적이 있다. 그런데 이상하게도 이번이 더 좋았다.

나이가 들어서일까. 아는 만큼 더 보이고, 느끼는 만큼 더 크게 다가왔다. 음악가의 묘역에서 느낀 울림, 벨베데레에서 만난 세기 말 빈의 예술, 슈테판 대성당에서의 고요한 시간. 젊었을 때는 그 냥 지나쳤을 것들이 이제는 가슴 깊이 스며들었다.

가슴은 더 많이 설레고, 마음은 더 깊이 행복했다.

다음에는 꼭 가족과 함께 이 길을 걸어야겠다. 아이들에게도 이 감동을 전해주고 싶다. 2천 년 된 원형경기장에서 오페라를 보는 경 험, 호수 위 무대에서 펼쳐지는 환상적인 여름 밤, 음악의 도시에서 거장들의 흔적을 따라 걷는 시간. 그 모든 것을 함께 나누고 싶다.

다섯 친구에게

마지막으로, 함께한 다섯 친구에게 감사를 전한다.

400km가 넘는 거리를 함께 달리고, 새벽까지 이어지는 오페라 를 함께 보고, 알프스 비바람을 뚫고 나아가고, 호수마을 골목을 함 께 걸었다. 혼자였다면 엄두도 못 냈을 여정이다.

자유여행이라니, 무모하다고 할 수도 있다. 하지만 다섯이었기 에 가능했다. 서로의 부족한 부분을 채워주고, 지칠 때 힘이 되어 주고, 감동의 순간을 함께 나눌 수 있었다.

이 여름의 클래식 여행은 이렇게 끝이 났다. 현지에서 직관한 페스티벌, CGV에서 본 씨네클래식, 예습과 복습까지. 덕분에 클래식이 조금 더 가까워진 계절이었다.

앞으로도 이런 여행이, 이런 음악이, 이런 친구들이 함께하기를.

그리고 언젠가 다시, 한여름의 유럽에서.

한여름, 클래식 축제 여행

출판일	2026. 2. 25.
글쓴이	윤일경
편 집	윤일경
디자인	박상우
조 판	위하영
출판사	작가와
ISBN	979-11-421-9111-4
판매가	16,000원